CON IL VENTO
NEL CUORE

di Germano Belviso

A mio padre
a mia moglie
a mio figlio

ISBN 978-1-4092-8849-7

Il mare si muove dentro di me, è causa delle mie emozioni e delle mie decisioni razionali, così un giorno mi trovo davanti ad un foglio, con una penna in mano e con la mente piena di parole che chiedono soltanto di essere messe in ordine per poter essere lette.

Alcuni personaggi nominati in questo libro, sono totalmente inventati altri sono invece, realmente esistenti e a chi di loro dovesse riconoscersi chiedo di interpretare questo gesto, come un reale attestato di stima.

Il libro non è autobiografico.

Ancora poco e sarà qui. Come ogni giorno da 12 anni quasi alla stessa ora si affaccerà alla mia finestra facendo capolino e riportandomi alla mia vita reale, quella che durante tutte le notti riesco a dimenticare grazie ai sogni di libertà e spazi aperti. Come sempre lui sarà lì a ricordarmi di fare i conti con la mia coscienza. Lui è il primo raggio di sole del mattino quello che da 12 anni mi sveglia entrando dalla finestra di questa mia cella.

E' curioso come quando non possiedi più niente, persino una squallida cella di un carcere, possa diventare tua, sentendola come l'unico posto dove trovi rifugio.

Questa notte ho dormito poco, il pensiero del mio ultimo giorno all'interno della "Agrippa" e forse anche il mio ultimo giorno sull'Isola di Pianosa, mi ha reso inquieto.

Se da un lato sono felice di uscire e poter respirare soltanto se mi andrà, dall'altro so bene che i fantasmi della mia coscienza non potrò lasciarli qui.

In questi lunghi anni non mi sono mai professato innocente, sono reo confesso. Con un mio gesto ho tolto la vita ad un altro essere umano, e poco conta se sia stato un gesto involontario e se in buona parte il fatto sia stato dovuto al caso. Rimango sempre colpevole di non aver pensato, di non aver fatto attenzione, di non aver prevenuto, con la colpevole leggerezza di tutti quelli che pensano: "a me non può accadere".

Subito dopo quel maledetto giorno di 12 anni fà, ho desiderato fortemente che il mio processo e la mia condanna fossero quanto più rapide possibile sapendo che la vera espiazione sarebbe venuta dopo, nella solitudine della mia mente e nell'ansia delle notti insonni. Speravo che la reclusione con tutto quello che sarebbe conseguito dal convivere con uomini spesso senza scrupoli e con niente da perdere, alla privazione della libertà, potessero lenire il mio dolore ed il mio senso di colpa, ma non è stato così.

Non credevo potesse esistere un dolore così persistente, come un' indolenzimento che non ti abbandona mai, in ogni attimo della tua vita, è pronto a riemergere ricordandoti il come, il quando ed il perchè della tua condizione attuale.

Nei primi anni dopo la condanna mi convinsi che l'avrei fatta finita, privandomi del bene più grande e riequilibrando le cose: la mia vita in cambio di quella che avevo distrutto. In seguito si fece spazio il dubbio che così facendo mi sarei sottratto al peso della mia coscienza e che sopportare e convivere con questo dolore avrebbe, almeno in parte, reso silenziosa giustizia, alla persona scomparsa ed ai suoi familiari.

Arrivai anche a chiedermi se questo mio sentire non fosse altro che una scusa legata all'istintivo desiderio di sopravvivenza insito in ogni essere umano. Tutt' oggi non sono giunto ad una risposta certa. Sono però convinto del fatto che ogni giorno della mia vita in cui mi dannerò di aver stroncato un'esistenza, avrà il valore di un fiore deposto sulla tomba di quell' uomo.

Prima che tutto cominciasse ero un poliziotto, forse non bravissimo, ma con un certo istinto. Là dove alcuni miei colleghi avrebbero risolto tutto con qualche schiaffo, io mi inerpicavo nella difficile ricerca di una mediazione verbale, spesso con successo, ma qualche volta con clamorosi "tonfi".

Sono cresciuto in una famiglia dove il valore più alto che mi sia stato trasmesso è quello della "vita umana" e della dignità degli individui. Per questo già da ragazzo ogni forma di sopraffazione verbale o fisica era contraria al valore da me attribuito all'individuo ed alla sua vita. Con questa motivazione ho potuto interpretare il ruolo di "poliziotto" contrastando, nel mio piccolo, la sopraffazione, la violenza e l'ingiustizia in ogni sua forma, cercando di non cadere mai nel paradosso di utilizzare la violenza per combattere la violenza.

Avevo una famiglia ed una mia casa e come molti conducevo una vita regolare, ma le prove che la vita ti mette davanti sono talvolta più grandi di noi stessi e così un giorno ho perduto tutto: gli affetti, gli amici, il lavoro e tutto il resto.

Poi il baratro. Le voci urlanti dei parenti, il giorno del processo, che mi offendevano nel vano tentativo di alleviare la loro sofferenza esprimendo tutto l'odio che provavano per me. Dentro di me tanta carica aggressiva poteva soltanto unirsi al mio dolore trincerato dietro al mio ininterrotto silenzio durato per un intero anno dopo quel tragico giorno.

La vita sull'isola di Pianosa scorreva abbastanza bene. Durante il giorno le attività della colonia agricola riuscivano ad impegnarmi, dal punto di vista fisico, quel tanto da farmi giungere sfinito all'ora di andare a letto, facendo sprofondare tutti i miei pensieri e le mie angosce dopo "soltanto" un paio d'ore di arrovellamenti mentali.

Pianosa è una delle forme più "perfide" di reclusione che mente umana potesse concepire, ma non per le condizioni di vita dei detenuti. Il contrasto tra una vita di reclusione e privazione associato alla possibilità di guardare quasi ininterrottamente la linea dell'orizzonte con il contrasto del verde di una vegetazione rigogliosa e prepotente ed il blu scuro del mare, rappresentano una vera tortura per chiunque, non esclusi i secondini che conducono una vita in gran parte simile a quella dei detenuti, con la sola consapevolezza di essere i vigilanti e non i vigilati.

Guardando il mare dalle sbarre della mia cella mi sono chiesto spesso come sarebbe stato il mio domani e se un domani ci sarebbe stato. Adesso che stavo per uscire non mi sentivo minimamente pronto ad affrontare il mondo. Non so quando sia accaduto che questa prigione sia divenuta il mio carapace, in grado di proteggermi oltre che di ospitarmi, ma adesso che sentivo sempre più vicino il momento di liberarmene provavo un forte senso di disagio.

Alle 9.00 in punto il Sovrintendente si presenta alla mia porta e sento che introduce la chiave nella toppa. Il mio cuore batte all'impazzata come quello di un 15 enne al primo appuntamento. Mi conduce all'Ufficio Matricola, lo stesso dal quale sono passato il giorno del mio arrivo, ma questa volta gli oggetti che mi furono tolti allora, mi vengono restituiti. Alcuni di loro non li ricordavo neanche più. L'addetto alla matricola, dopo aver depositato i miei "effetti personali" come li chiama lui, sul tavolo, si avvia verso la cassaforte e ne estrae una busta con spillato un foglio che stacca con un colpo secco e pone davanti a me insieme ad una penna.

Soltanto in quel momento apprendo che in tutti questi anni il mio lavoro nella colonia ha prodotto un guadagno che si è accumulato al fine di permettermi da "scarcerando" di poter contare su un minimo di autonomia economica sino al momento di una nuova sistemazione. Firmo, ringrazio sommessamente, mi guardano come se avessi bestemmiato, poi è il momento del commiato dei compagni e del Direttore.

Non riesco a nascondere la mia commozione quando mi trovo faccia a faccia col Maresciallo Del Pistoia, un uomo speciale, forse l'unico che nonostante il mio silenzio di questi anni si sia ostinato a parlarmi senza mai ottenere una sola risposta alle sue domande. Un uomo, gentile e fortemente legato al mare. I suoi racconti tra l'immaginario ed il reale mi hanno spesso fatto volare con la mente aldilà di quelle sbarre ed oggi che parto, non posso che ricacciare in gola un nodo di pianto e distogliere il mio sguardo dal suo. Non potrò mai dirgli quanto questa sua umanità mi abbia scaldato il cuore in questi anni.

Poi come in un vortice, tutto si "srotola" troppo velocemente perchè io possa realmente rendermi conto di quel che sta accadendo. Vengo come spinto fuori dal portone che subito si richiude dietro di me ed il panico mi assale…. mi volto un attimo a guardare il muro "sgarrupato" della "Agrippa" e poi mi volto lentamente verso il mare con lo sguardo ancora a terra; è come se avessi paura di incrociare tutta quell' infinità, mi faccio coraggio e poco a poco alzo lo sguardo su quel trionfo di luci e colori.

Percorro di buon passo la strada che porta al porticciolo. Passando getto uno sguardo su Cala dei Turchi e poi giù sino alla banchina dove il molo è pieno di turisti. Mi confondo tra loro con la paura che qualcuno possa riconoscermi, ma è soltanto una mia idea, non sono né un Boss mafioso né un personaggio conosciuto ed infatti nessuno si volta a guardarmi. Per alcuni attimi resto rapito dalla bellezza di una donna con i capelli al vento. Non ricordavo più come fosse bello guardarle. Poi la mia attenzione cade su due ragazzini che giocano gioiosamente. Sono attimi di un'intensità indescrivibile è come risvegliarsi da un torpore durato 12 anni. E' il momento dell'imbarco e l'uomo che controlla i biglietti è l'unico che può sapere da dove vengo. Il mio biglictto è diverso da tutti gli altri, infatti si sofferma, lo guarda con attenzione poi mi sorride e restituendomelo mi dice " ben tornato". Salgo a bordo e mi confondo nuovamente tra la folla.

Il viaggio per Livorno mi sembra interminabile, guardo l'Elba scorrere accanto a noi e sono incantato dalla sua bellezza. Continuano a venirmi in mente i racconti del Maresciallo Del Pistoia e quella volta in cui venne a bussarmi alla cella in piena notte per dirmi di seguirlo senza fare domande. Mi condusse nei sotterranei, aprì una porta cigolante e mi fece partecipe di un suo segreto.

Negli scantinati del carcere, aveva allestito un vero e proprio cantiere navale dove nottetempo, quando non era in servizio, si dedicava alla costruzione di una barca di legno a vela con la quale, giurò più volte, sarebbe partito per il giro del mondo appena raggiunta l'età della pensione. Non gli chiesi mai come avrebbe fatto a farla uscire dagli scantinati giacché era forse lunga 7 metri e larga almeno 3, sicuramente più del vano scale che risaliva verso l'uscita.

L'arrivo a Livorno mi provoca una nuova emozione, continuo a non saper dove posare lo sguardo per primo, so soltanto che tutto mi sembra bellissimo, il porto, le barche all'ormeggio, i pescatori, persino i rifiuti che galleggiano negli angoli della darsena vecchia.

Mi siedo e resto a guardare la vita che scorre per alcune ore fino a quando "rinvengo". Improvvisamente mi accorgo che la mia prigione è venuta via con me, non ho potuto lasciare i fantasmi sull'isola di Pianosa, sono tutti dentro di me con, in più, il cruccio adesso di essere stato assolto dalla giustizia dell'uomo avendo espiato la pena, ma di non poter in alcun modo ottenere il perdono della mia coscienza.

- Cap 2 –

I giorni scorrono tra la ricerca di un equilibrio e le mille domande che mi assillano. Sono certo del fatto che non cercherò nessuno dei parenti o dei colleghi che di sicuro mi hanno dimenticato. L'ultima lettera l'ho ricevuta 2 anni dopo il mio ingresso in carcere, da allora 10 anni di silenzio ed assoluta assenza di chiunque.

Continuo a toccare nella mia tasca la busta contente tutto il denaro consegnatomi a Pianosa, ma è come se avessi paura anche soltanto di aprirla. Credevo che il mio primo giorno di libertà sarebbe stato pieno di quei confort che mi sono stati negati per così lungo tempo, invece mi scopro capace di accontentarmi di poco e resto cosi tra il porto e la città per almeno due settimane, dormendo sul ponte di un peschereccio alzandomi alle 4.30 tutti i giorni per non lasciare traccia della mia presenza e non essere scoperto dal pescatore che ogni giorno alle 5 salpa per il suo lavoro.

E' un uomo anziano con capelli e barba bianca, un volto segnato dal freddo e dal sole sembra una persona semplice, ma dall'aria severa. Lo guardo ogni mattina dal ponte che sovrasta la darsena vecchia, mentre si accinge a lasciare l'ormeggio, non parla con nessuno, appronta la sua barca e salpa in completa solitudine per poi rientrare verso le 9. Lui non rivolge mai lo sguardo verso di me, anzi sembra non accorgersi nemmeno della mia presenza.

Lo guardo e un po' lo invidio fiero e libero di affrontare il mare contando soltanto sulle proprie forze. Proprio come quei gabbiani che lo accompagnano al ritorno in porto. Penso che vorrei avere il coraggio di imbarcarmi e partire forse per ricominciare e forse per farla finita, ma di sicuro per lasciare questo mondo che sento non appartenermi più.

Un sera più fredda delle altre, salendo sul ponte della barca di legno che scricchiola sotto i miei piedi, trovo una coperta ed un maglione ben piegati come se fossero li ad aspettarmi. Quella stessa sera, nuovamente assalito dai miei fantasmi stenterò a prendere sonno abbandonandomi soltanto a notte fonda. Come se fosse trascorso soltanto un attimo dal momento in cui mi sono addormentato vengo svegliato dal rollio della barca, qualcuno sta salendo a bordo. Il panico mia assale. Mi nascondo sotto la coperta cercando di diventare invisibile. Dopo pochi attimi sento il motore che si avvia e la barca che si muove. Resto come congelato sotto la coperta trattenendo il fiato. Intanto albeggia, l'uomo si muove sul ponte della barca. Penso fra me e me che dovrei saltare in mare per non dargli il tempo di accorgersi della mia presenza se non quando sarò ormai fuori bordo. Un profumo di caffè mi avvolge, sa di caldo e di buono.

Il passo dell'uomo si avvicina, si sofferma, poi riparte. Ormai sono sicuro. Non può non avermi visto. Alzo un lembo del mio nascondiglio per sbirciare cosa accade. L'uomo ha depositato davanti a me una tazzina metallica di smalto blu colma di caffè e si è nuovamente dedicato alle sue attività. Rifletto e capisco che non solo sa della mia presenza, ma il caffè lo ha messo lì proprio per me.

Mi faccio coraggio, esco lentamente da sotto la coperta, resto seduto sul ponte, accecato dai primi raggi del sole. Incrocio il suo sguardo. Accenna un sorriso. Poi si volta e riprende ad osservare l'orizzonte con in mano il timone.

Fulvio, questo è il suo nome, mi racconta che da alcuni giorni aveva notato le tracce del mio soggiorno a bordo, ma che se ero tornato senza mai toccare niente, non rappresentavo un pericolo per lui e per la sua barca.

E' un uomo solo, non ha famiglia, anzi dice: "la mia famiglia è Onda Etrusca", la sua barca, con la quale da oltre 8 anni tutti i giorni, anche quando il tempo non lo consiglia, esce dal porto di Livorno, per andare a pescare intorno allo scoglio della Meloria e nei pressi della Gorgona.

Fulvio non domanda mai niente di me, come se sapesse già tutta la mia storia e non volesse mettermi in imbarazzo.

La mattinata prosegue tra poche parole e molti sguardi. Cerco di rendermi utile a bordo come posso. Non ho mai pescato neanche con la canna, figuriamoci con le reti, ma osservando Fulvio, cerco di apprendere ed imitarlo.

Le settimane successive saranno le più belle dopo molto tempo, l'accordo mai espresso prosegue. Io continuo a dormire a bordo, ma questa volta in cabina in un vero letto, ed alle 5 di ogni giorno usciamo per la pesca dalla quale Fulvio mi lascia tenere quel che mi occorre per mangiare. Al rientro dalle battute, cerco di rendermi utile facendogli trovare Onda Etrusca pronta e pulita per il giorno successivo.

In breve, mi rendo conto che trovarmi in mezzo al mare, riesce a sollevare il mio spirito e la mia anima da tutte le angosce, come se mollando gli ormeggi, potessi lasciare tutto il mio passato a terra liberandomene sino al mio rientro. In mare mi sento libero, veramente libero e felice.

Ogni giorno le prime luci dell'alba che illuminano la rocca della Darsena Medicea e poco a poco la diga foranea di Livorno, accendono in me un desiderio irrefrenabile di prendere il mare.

I giorni passano e la confidenza con Fulvio cresce poco a poco. Una sera, tornato al molo, vedendomi pulire il ponte mi invita a bere qualcosa. Accetto, faccio l'atto di scendere dalla barca, ma lui con un gesto della mano mi ferma, sale a bordo e mi dice di mollare gli ormeggi. Non capisco ma eseguo senza discutere.

E' la mia prima navigazione notturna, ma vedere Fulvio al timone della sua Onda Etrusca, mi rassicura, lui certamente sa quello che fa. Dopo pochi minuti siamo in mezzo ad una splendida notte su un mare calmo e reso argenteo da una luna come non ricordo di averne mai viste prima. Fulvio ferma i motori. Getta l'ancora e aprendo uno stipo, estrae una bottiglia di vino che stappa con un sol movimento, le sue mani, rugose e forti, sembrano non incontrare mai ostacoli durante i movimenti.

Restiamo seduti ed incantati a raccontarci le nostre vite. Nessun commento, soltanto comprensione. Anche Fulvio non ha avuto una vita facile, ma almeno la sua vita attuale è una scelta. Io invece mi rendo conto che in queste settimane sto soltanto rimandando di occuparmi della mia "nuova vita". La verità è che ogni volta che mi immagino intento nella ricerca di un vero lavoro o di una casa, sono assalito dalla sensazione di non meritare questa seconda opportunità. Sono comunque cosciente che non potrò approfittare in eterno dell'ospitalità di Fulvio.

Racconto la mia storia ad un uomo del quale non so quasi niente e lui senza dir niente ascolta, con lo sguardo verso il buio. Intuisce la mia irrequietezza che ho la sensazione di non riuscire a dipingere con reale intensità. Le mie ansie e le mie paure raggiungono la superficie attraverso un flusso ininterrotto di parole, che come la forza delle acque che rompono un argine all'improvviso, fluiscono oltre la mia reale volontà. Mi ascolto mentre parlo e le parole suonano insolite anche a me che sino ad oggi non ho mai raccontato il mio dolore.

Terminato il mio racconto restiamo in silenzio per molti minuti. Sono attimi che hanno il valore di cento parole. Fulvio interromperà quel silenzio con una sola parola: "rientriamo".

"Domattina niente pesca" dice Fulvio al nostro rientro. Passo a prenderti alle 8.

La notte che seguirà, sarà la prima dopo tanti anni, in cui riuscirò a dormire senza sognare qualcosa che abbia a che fare con il motivo della mia reclusione. Forse condividere con qualcuno il mio peso mi ha fatto bene.

Puntuale come la ritmica del faro della Meloria, Fulvio arriva. Accenno a scendere dalla barca, ma con un gesto della mano mi ferma.

- Molla gli ormeggi (dice)
- Ma non avevi detto che oggi non si pescava?
- Infatti (risponde lui)

Non insisto, mollo gli ormeggi mentre Fulvio mette in moto. Onda Etrusca si muove immediatamente verso l'uscita della darsena.

Questa volta però Fulvio non punta verso il mare aperto e risalendo la costa in direzione nord, imbocchiamo un canale che ci porterà ai piedi di un casone da pesca. La struttura è di legno alta oltre 10 metri, posa su palafitte ed esattamente sopra di noi si stende un enorme bilanciere da pesca. Accostiamo ad un improbabile molo di legno al quale ormeggiamo "all' inglese".

Fulvio tace ed io non domando. La nostra conoscenza è fondamentalmente basata su questo. Libertà di non doversi dare spiegazioni. Molte volte del resto, basta attendere per capire tutto senza aver domandato.

Così scendiamo sul molo che ondeggia in maniera preoccupante sotto il nostro peso. Solo pochi passi ci separano da una scala verticale in legno che conduce verso l'interno del casone. Salgo preceduto da Fulvio, senza poter fare a meno di notare quanto l'intera struttura sia tanto affascinante quanto vetusta. A pochi metri da noi alcune anatre rumoreggiano come a segnalare la nostra presenza.

Un forte rumore richiama la mia attenzione. Fulvio con un colpo di spalla ha ribaltato la botola che si trova al vertice della scala e che immette all'interno della costruzione. Entro e resto a metà con la testa nella botola e le gambe ancora fuori sulla scala. L'interno del casone è incredibilmente affascinante. Il gioco di legni con i colori caldi e la quantità di oggetti in esso accumulati, impegna il mio sguardo per alcuni minuti. Ogni angolo delle pareti e del soffitto è coperto di reti, gavitelli, cime, lanterne, palamiti e tutto quanto abbia attinenza con il mare. Un forte profumo misto tra sale, pesce e muffa pervade l'ambiente.

Entro e vedo Fulvio aprire una porta che immette in una seconda stanza, questa volta buia. Ancora un rumore ed una delle pareti di questo locale si apre verso l'esterno lasciando entrare una ventata di aria pulita e la forte luce del sole. Resto accecato per alcuni attimi, poi focalizzo al centro del grande locale qualcosa di molto grande coperto da un telo.

Si tratta di un'imbarcazione, evidentemente rimessata in attesa di chissà cosa. Fulvio mi racconta che quella è la vera "Onda Etrusca", apprendo che il suo peschereccio si chiamava in un altro modo, ma Fulvio gli ha cambiato nome quando è entrato in possesso di questo "relitto". Onda Etrusca è uno Shogun di 14 metri a vela armato sloop, si tratta di un imbarcazione a chiglia, che ha recuperato ed acquistato per poche lire molti anni fa con l'idea di ripristinarla e partire per un viaggio intorno al mondo, ma che poi ha continuato a fissare per settimane, mesi ed anni senza mai avere il coraggio di cominciarne la ristrutturazione.

Restiamo seduti a parlare per diverse ore, capisco dalle parole di Fulvio che quella barca in realtà è il suo sogno nel cassetto. Quello che spesso accompagna la vita di un uomo restando il più delle volte irrealizzato, ma che conserva il valore di un obiettivo da perseguire, di una motivazione per andare avanti anche nei giorni in cui la vita è tutt'altro che facile. Mi confessa di non aver mai iniziato i lavori di ristrutturazione perchè economicamente troppo onerosi anche soltanto in termini di materiali e tutto sommato di essere anche troppo vecchio e stanco per trovare l'energia necessaria per provarci.

Posso soltanto intuire la silenziosa sofferenza di Fulvio che da oltre 10 anni osserva la sua Onda Etrusca stazionare in quel magazzino senza trovare le risorse per poterla rimettere in mare. Improvvisamente, mi ricordo della busta che ho in tasca. Adesso so cosa voglio fare di tutto questo denaro. Realizzare il sogno di Fulvio e forse anche un po' il mio. Ripristinare Onda Etrusca e prendere il mare verso una nuova vita.

Un po' timoroso propongo a Fulvio l'idea di lavorare insieme alla ristrutturazione e di fare società lui mettendoci la barca ed io offrendo le risorse economiche per la ristrutturazione.

Non risponde, mi guarda, allunga lo sguardo verso il mare, mi mette una mano sulla spalla e con le forti dita la stringe come a voler suggellare un contratto. Colgo un moto di commozione nei suoi occhi. Il silenzio sancisce il nostro accordo.

- cap.3 -

I mesi che seguiranno saranno pieni di entusiasmo e di fatica. Onda Etrusca è ridotta davvero male. Una falla nello scafo, l'albero diviso in due parti ed al suo interno segni evidenti dell'acqua che ha invaso tutto impregnando irrimediabilmente legni, tessuti ed anche il motore che si presenta come un'unica incrostazione. Capisco lo sconforto di Fulvio davanti a tutto questo, ma la chiave delle "grandi opere" sta nel non guardarle nel loro insieme, ma nello scomporle in piccole parti. Ogni singolo piccolo lavoro, costituisce una conquista che ti avvicina al risultato finale.

Ogni giorno per 14 mesi, dopo aver pescato in mare per garantirci comunque quel che ci occorre per vivere, andremo al casone e riprenderemo i nostri lavori. Le mani spaccate dalla polvere e dal freddo a volte ci indurranno a desistere, ma fortunatamente l'alternarsi degli stati di umore ed entusiasmo tra me e Fulvio sosterranno a volte l'uno a volte l'altro .

Restaurare la barca sarà stimolante non soltanto per le nozioni di manualità che acquisirò durante tutta la lavorazione, ma anche per la continua attività mentale necessaria al reperimento del giusto pezzo o dell'impiego di qualcosa di recuperato in sostituzione di un pezzo non reperibile. Sfasciacarrozze, vecchi cantieri edili e navali saranno le nostre basi di approvvigionamento. A volte dopo ore di estenuante trattativa commerciale riusciamo a farci cedere assi di legno e pannelli non più utilizzati in stato di evidente abbandono, ma che improvvisamente per il proprietario, assumono un enorme valore affettivo non appena intuisce l'opportunità di ricavarne un prezzo.

A maggio 2005 Onda Etrusca sarà pronta, almeno così credevamo. Per issare l'albero, ricavato dalla paziente lavorazione di un palo di legno proveniente da una dismessa rete elettrica, dovremo ricorrere all'intervento di un carro gru che prima alerà Onda Etrusca nel sottostante canale e poi isserà l'albero che fisseremo a strallo, paterazzo e sartie. Per la regolazione ed il fissaggio definitivo ricorreremo ad un esperto. Gianni Serafini, Comandate di lungo corso della Marina Militare in pensione, appassionato progettista e costruttore di barche, noto per non volere compensi in denaro per la sua consulenza, ma per decidere se fornirla soltanto in situazioni che lui stesso giudica o meno opportune. Dopo aver visionato Onda Etrusca ed aver ascoltato il raccolto della sua storia e della lunga opera di restauro, Serafini, con lo sguardo fisso sulla barca scosterà la pipa dalla bocca per un attimo, ed in una nube di profumato odore di tabacco bruciato emetterà l'attesa sentenza:

-   **Si può fare!**

L'indomani e per tre settimane sarà all'opera in piccole regolazioni e grandi modifiche. Diventerà il nostro capo cantiere, aggirandosi per la barca con l'aria del critico d'arte, segnalerà tutti gli interventi da fare e rifare sino al raggiungimento dello stato dell'arte.

A volte la sua aria da consumato esperto, farà innervosire Fulvio, ma il rispetto per la figura del Comandante prevarrà su quei momenti di nervosismo, anche in vista dell'avvicinarsi della prima uscita in mare aperto. Serafini farà molto di più di quanto fosse nei patti. Continuerà a verificare l'imbarcazione con meticolosa e professionale attenzione fino al giorno in cui, una mattina, arriverà al casone non con il suo proverbiale ciclomotore, ma con un furgone. Senza parlare, indicherà con un gesto della sua pipa il furgone e aprendolo io e Fulvio ci troveremo davanti un quintale scarso di vele recuperate non sapremo mai dove, a volte è meglio non domandare, che serviranno ad invelare Onda Etrusca comprese randa, fiocco, tormentina e spinnaker. Serafini si rivelerà anche un abile velaio e per giorni e giorni misurerà, taglierà, cucirà ed incollerà completando l'attrezzatura di coperta con due winch recanti il simbolo della Marina Militare.

Il restauro di Onda Estrusca, intanto non è passato inosservato e numerosi curiosi tutti i giorni passano a vedere come procedono le operazioni.

Un maestro di una scuola elementare chiederà il permesso di condurre i ragazzi a vedere la barca da vicino. Fulvio un po' dubbioso accetterà a condizione però che rimangano sulla sponda del canale, senza salire a bordo. Quel giorno mi riconcilierò ulteriormente con la vita. I bambini con la loro innocente irruenza mi ricorderanno di quando ero ragazzino io. Le domande, a volte incomprensibili ed a volte incredibilmente argute, ci faranno sorridere non senza un po' di orgoglio per l'ammirazione che si legge nei loro occhi.

Al termine della visita dei ragazzi, mentre si allontanano restiamo seduti sul ponte soddisfatti ed appagati dalla loro presenza. Fulvio con un balzo salterà sulla tuga e chiamato il Maestro annuncerà:

- Se desiderate assistere domenica mattina, ci sarà la prima uscita in mare di Onda Etrusca.

Lo guardo stupito. Mi sorride. Rispondo con un gesto della mano chiusa a pugno.

Il Maestro ringrazia e ci assicura la sua presenza e quella dei ragazzi all'imboccatura del canale alle 10 di domenica mattina.

Si allontanano. Guardo Fulvio e dico:

- Ma non siamo ancora pronti
risponde
- Noi no, ma Onda Etrusca si.

Annuisco. Siamo comunque increduli che il grande giorno sia arrivato. La notte la passeremo a bordo di Onda Etrusca senza quasi riuscire a dormire per la palpabile eccitazione ed all'alba saremo già in piedi. Pulire e riordinare la barca impegna le prime ore del giorno ed alle 9.30 Fulvio, con aria solenne dice:

- E' ora!

sorrido e gli stringo la mano

- Molla gli ormeggi !

Mentre libero Onda Etrusca mi tremano le mani. Fulvio avvia il motore che parte al primo colpo. In quel momento mi sovviene che non ho mai navigato a vela e sopratutto non ho la minima idea di cosa si debba fare anche soltanto per dare assistenza. Mi volgo verso Fulvio per renderlo partecipe, ma la sua aria fiera mi rassicura. Così opto per un più dignitoso silenzio. Guardiamo scorrere la costa in silenzio. Onda Etrusca è al suo massimo splendore.

E' curioso non ho idea di come governarla, ma ne conosco ogni più intimo dettaglio, dai paglioli alla chiglia, dall'elica all'indicatore del vento posto in testa d'albero.

Mentre un tiepido sole ci riscalda guardo il mare in fondo al canale, le piccole onde disordinate sulla barra segnano l'incontrarsi della corrente fluviale con le onde del mare e probabilmente anche un basso fondale. Mentre inseguo i miei pensieri quasi dimentico il nostro "appuntamento".

Fulvio fa segno con la mano ed indica la sponda destra della foce del canale. Un capannello di persone nel vederci arrivare intona un brusio crescente che si trasforma in fischi, applausi e grida via via che ci avviciniamo. Dentro di me penso che non stiano aspettando noi e guardo verso poppa. Invece non c'è nessun altro.

Quando ormai i volti cominciano a delinearsi, riconosco il maestro della scuola con la sua classe al completo più molti genitori, amici e curiosi. Onda Etrusca sfila il gruppo acclamata come una vera diva. L'ingresso in mare è liscio come l'olio. In pochi attimi cominciamo ad allontanarci dalla costa. Le voci degli amici venuti a salutarci si attutiscono sempre di più. Siamo euforici, non ho mai visto Fulvio sorridere così e ci abbracciamo in un walzer di esultanza.

Tornati in noi, Fulvio, mi dice di prendere il timone. Rispondo che non ho la patente. Lui ribatte: " nessuna onda ha mai chiesto la patente ad un marinaio prima di infrangersi sulla sua barca".

Sorrido e mi accosto a lui. Prima una mano e poi l'altra, ecco, adesso Onda Etrusca è al mio comando. Fulvio issa la randa con non poca fatica. La tela è molta e forse il mio modo di prendere il vento non è l'ideale per aiutarlo. Terminato con la randa è il momento del fiocco, sento la barca inclinarsi verso sinistra. Fulvio mi fa un gesto passandosi una mano distesa sotto la gola come per tagliarsela. Capisco che si riferisce al motore. Intervengo sul pulsante ed un beep, accompagna lo spegnimento, e da il via alla magia della vela. Stiamo navigando con la sola forza del vento.

Fulvio raggiunge il pozzetto e riprende il comando. Le vele gonfie di un vento non teso, ma costante sospingono la barca con maggior vigore di quanto non facesse il motore che non era certo al massimo dei giri, ma la sensazione della velocità in assenza di rumore se non quello dell'acqua e del vento è inebriante.

Sono al limite della commozione quando mi volto verso terra e realizzo che si trova ormai lontana. Il nostro primo giorno di navigazione sarà salutato da quattro delfini che al largo di Marina di Massa ci affiancheranno passando più volte sotto la nostra prua. Nessun battesimo poteva essere migliore di questo: prima gli amici della scuola e poi i delfini.

Veramente, una giornata perfetta.

- cap. 4 –

Alle 18.00 circa, siamo nei pressi della diga foranea di Spezia dove Fulvio, con l'aria di uno che è di casa, ammaina le vele e riaccende il motore per accostare alla banchina di un'associazione nautica dove alcune persone ci vengono incontro e ci assistono nelle manovre di ormeggio. Il racconto del restauro di Onda Etrusca e della nostra breve navigazione monopolizzerà la serata ed i nostri nuovi amici, offrendoci una cena a base di pesce, si intratterranno con noi fino a tardi. Nel frastuono delle risate penso che erano almeno 13 anni che non passavo una giornata così, ma poi, ripensandoci, capisco che forse una giornata così non l'avevo mai vissuta. Emozioni, natura, spazi aperti e la magia della vela. Forse sarà il vino, ma ho la sensazione che qualcosa di grande ed inaspettato si sia affacciato nella mia vita.

La mattina seguente dormirò fino a tardi e senza alcun fantasma che mi disturbi. Il vento ed il vino hanno giocato il loro ruolo. Alle 10 dei rumori provenienti dal pozzetto mi richiamano alla realtà. Esco ed abbagliato dal sole guardo Fulvio seduto sul pontile che osserva l'ampia baia. Mentre lo saluto noto accanto a lui il suo sacco.

- Cosa fai Fulvio ?
- E tutto pronto, aspettavo che tu ti svegliassi per andare.
- Andare dove ? domando
- A casa, risponde. Qui inizia la tua nuova vita.

Lo guardo senza capire:

- Di cosa stai parlando?
- Ho parlato con gli amici dell'associazione, abbiamo fatto un accordo. Potrai restare ormeggiato qui e vivere su Onda Etrusca per tutta la stagione. In cambio loro utilizzeranno la barca per brevi crociere scuola e tu potrai sempre andare con loro, così farai esperienza di navigazione ed imparerai a condurre. Sono molto bravi, sai ?

Sono sempre più stupito.

- Ma e come farai con la pesca ?; mi interrompe
- Ehi ragazzo, ho fatto il pescatore solitario per tanto tempo prima di te, non crederai che non ne sia più capace?
- No, certo.
- Allora poche storie, accompagnami alla stazione che tra poco il mio treno parte.

Lungo il tragitto insisto perchè rimanga con me o mi riconduca con Onda Etrusca a Livorno. Fulvio però è irremovibile. Dice che quando sarò pronto riporterò io stesso Onda Etrusca a casa. Così in un silenzio di quelli che già abbiamo sperimentato, camminiamo sino alla stazione dove Fulvio sbotta con aria severa:

- Adesso vai, non mi sono mai piaciuti gli addii
- Non vuoi che aspetti con te il treno ?
- Perché, non ne hai mai visto partire uno ?

Ancora una volta mi chiude la bocca e dopo una poderosa stretta di mano, ignorando il nodo che mi attanaglia la gola, mi volto e mi incammino nuovamente in direzione del porto.

Quella sarà l'ultima volta che vedrò Fulvio, al molo mi racconteranno alcuni mesi dopo che risulterà scomparso in mare durante un fortunale. La sua barca sarà recuperata dalla Guardia Costiera in prossimità della Gorgona, alla deriva, malandata, ma galleggiante. Di Fulvio nessuna traccia.

Al Circolo sarà inscenata una commovente cerimonia alla quale prenderò parte in segno di rispetto per Fulvio. Al termine della cerimonia, rimasto sul molo, con due soli amici, avvolgeremo un ancorotto in una bandiera tricolore e lo lasceremo scivolare sul fondo del mare come ad accompagnare Fulvio. Ovunque lui sia.

Passeranno i mesi, ed Onda Etrusca continuerà ad ospitare ragazzi e famiglie desiderose di vivere il mare e conoscere le tecniche di navigazione a vela. Io li accompagnerò sempre, dapprima, confesso, mosso dalla gelosia per Onda Etrusca, per non lasciarla sola con altri, poi, ben presto, trascinato dal desiderio di prendere il largo. Col passare dei mesi svilupperò le mie capacità di "marinaio" così, seguendo i consigli e le critiche di Antonio Malaspina, socio anziano del circolo, casertano di nascita, ma spezzino di adozione, con il suo dialetto ibrido, spezio-partenopeo, alternato a sproloqui sconosciuti in una lingua a me tutt' oggi incomprensibile, mi apostrofa spesso dicendomi: "sei il peggiore", ma poco dopo sorride in segno di riconciliazione. Antonio segue i gruppi sia per le navigazioni da diporto che per i corsi di vela e così approfittando della sua esperienza e pazienza finisco col apprendere tutte le nozioni e la perizia del buon marinaio. Dalle andature alle regolazioni delle vele, dalla scelta dell'ancoraggio più adeguato alla stima delle condizioni meteo e persino un po' di navigazione astronomica.

Una sera, rientrati dalla solita navigazione scuola, mentre stiamo mettendo in ordine la barca, Antonio mi dice che l'accordo fatto quasi un anno fa con Fulvio non è più valido e se desidero continuare a vivere al molo dell'associazione dovrò imparare a darmi da fare.

Lo guardo un po' perplesso, ma rispondo:

- Certamente, ma come ?
- Non ti preoccupare, ci vediamo domani

L'indomani alle 9 il nuovo gruppo si presenta sul molo pronto a prendere la prima lezione di vela, ma Antonio non si vede ancora. Faccio salire tutti a bordo e comincio ad illustrare le parti della barca e le nomenclature fondamentali. E' una lezione tutta teorica che avendo sentito almeno 500 volte pronunciata da Antonio, ripeto come una poesia, peraltro con la capacità di prevedere anche le domande del gruppo, che, senza nulla togliere al loro estro, sono le stesse dei gruppi precedenti. Dopo quasi un'ora di teoria, sarebbe giunto il momento di prendere il mare, ma Antonio non si è ancora visto, voltandomi però lo scorgo seduto sul molo a pochi passi da me.

L'imbarazzo mi assale, l'idea che mi abbia ascoltato tutto quel tempo mi fa persino un po' arrossire.

- E bravo il nostro marinaio. Mo vo veré che si diventato nu capitano ??
- Scusa Antonio, tu non venivi ed i ragazzi si guardavano intorno così ho pensato...
- Hai pensato bene, adesso molla gli ormeggi oggi la lezione la continui tu.

Così faremo. In mare le mie spiegazioni risulteranno comprensibili e la pratica acquisita riuscirà a rendere le altre due ore di lezione piacevoli e divertenti. Ogni tanto cercherò lo sguardo di Antonio che sorridente con un movimento del capo mi inciterà a proseguire. Al rientro in porto, salutati i ragazzi, Antonio mi dirà che quel gruppo sarà mio per tutto il percorso scuola.

A quel gruppo ne seguirà un secondo e poi un altro ancora, e mese dopo mese continuerò l'attività della scuola diventando in breve conosciuto e popolare in tutto il porto.

Vivere in barca è un esperienza formidabile. Si finisce con il diventare tutt'uno con lei. Onda Etrusca per quanto grande ed accessoriata non potrà mai essere una casa. Il suo continuo movimento fluttuante diventa per me insostituibile, tanto che scendendo percepisco che il labirinto del mio orecchio non apprezza per niente la stabilità della terra ferma. La vicinanza con il mare ed il cielo riempiono il mio animo e le mie notti. A volte, seduto in pozzetto, con la luna che illumina la tuga e si riflette sul mare, guardando Onda Etrusca, penso a Fulvio ed a quanto sarebbe stato orgoglioso di sapere di essere riuscito a fare di me un uomo di mare. Sono anche convinto che la sua sia stata una dolce fine. Abbracciato dal quel mare che lo ha accompagnato per tutta la vita, quando arriverà il mio momento vorrò finire come lui, altro che essere seppellito.

"Date le mie spoglie al mare, lui solo saprà cosa fare di me. Se vorrà ricambiare soltanto un po' dell'amore che ho avuto per lui, mi terrà con se."

- cap.5 -

E' il 28 di maggio, sono le 3.30 del mattino e qualcosa mi sveglia. E' il rumore delle drizze che urtano sull'albero. Esco in pozzetto, il vento è rinforzato e probabilmente con lui il mare.

Ormai sono sveglio e mi siedo in pozzetto a godermi il vento sotto un cielo stellato. Una luna dal colore surreale illumina tutta la baia, l'isola del Tino si profila all'orizzonte. Fuori dalla diga foranea le onde frangono, non le vedo ma posso sentirle. Resto ad ascoltare il rumore del mare.

Scendo in quadrato a prendere qualcosa da bere e mentre risalgo in pozzetto, con un gesto istintivo della mano, abbasso l'interruttore che dà corrente alla strumentazione. La radio si accende sul canale 16 e subito sento un appello concitato. Una voce segnala di essere a bordo di un'imbarcazione a vela di 9 metri a 4 miglia ad ovest del porto di Spezia e di non essere più in grado di governare.

L'istinto prende il sopravvento, metto in moto, mollo gli ormeggi ed in pochi attimi sto raggiungendo l'imboccatura della diga foranea. Il mare é formato. Le onde frangono con un rumore assordante. Nella fretta non ho pensato a coprirmi con la cerata e la prima onda mi bagna da capo a piedi. Vorrei innestare l'autopilota, ma il mare che giunge proprio dalla direzione in cui devo dirigermi non è assolutamente gestibile in automatico. Devo assecondare le onde prendendole al mascone, ma non appena raggiungo la cresta, nella fase discendente mi trovo a compensare perchè la poppa non scivoli in avanti. L'Inferno è appena cominciato e già mi chiedo se sia stata una buona idea uscire in mare aperto. Intanto la radio ripete l'appello in maniera sempre più concitata. Questa volta rispondo:

- Imbarcazione 9 metri da Onda Etrusca
- Vi ricevo Onda Etrusca, il nostro timone è saltato e siamo senza governo
- Avanzo verso di voi con tutte le luci accese, avvisatemi non appena mi avvistate

Passano alcuni interminabili minuti di silenzio mentre le onde frangono sul ponte riuscendo a riempire il pozzetto ed in parte entrando dal tambucio. Avvio le pompe di sentina. Il mare cresce ancora. E' di un colore vitreo, quasi completamente coperto di una schiuma disordinata dalla quale non si riesce quasi ad intuire la direzione delle onde.

Ecco la voce del mio interlocutore farsi viva nuovamente:

- Onda Etrusca da Imbarcazione 9 metri, vi vediamo siete esattamente allineati con noi, proseguite così.

Un ultima onda mi solleva e proprio quando sono sulla cresta, vedo a non più di mezzo miglio uno scafo scendere troppo rapidamente da un'onda intraversandosi sino a coricarsi sul fianco. Soltanto il pesante bulbo riesce a riportarla in verticale non appena è nel cavo dell'onda stessa. Lancio alcuni fischi di sirena come per rassicurare l'equipaggio della barca in avaria della mia presenza.

Ancora pochi attimi e sono prossimo a loro. In pozzetto una sola persona imbraccia un remo o qualcosa di simile con cui cerca di improvvisare un timone di fortuna nel vano tentativo di controllare la direzione della barca.

Il mio motore è al massimo dei giri, gli sfilo accanto lanciando una cima assicurata alle bitte di poppa, l'uomo sul ponte capisce e rapidamente recupera la cima e prima che questa sia finita corre verso prua assicurandola alla meno peggio. Lo strattone è inevitabile. Porto al minimo il motore per attutire lo strappo e poi riprendo lentamente fino a vincere la massa inerziale della barca in avaria che subito si accoda ad Onda Etrusca. L'uomo, caduto con il primo strattone, si rialza ed assicura ulteriormente la cima che nel frattempo si è tesa come una corda di violino. Non oso pensare a cosa potrebbe accadere se dovesse cedere. Ancora sulla cresta dell'onda inizio una virata leggera che mi porta ad invertire la direzione proprio nel cavo tra due onde, effettuando una manovra molto ampia il mio traino riesce ad allinearsi.

Appena lo vedo quasi dietro di me, do tutta manetta ed inizia la corsa con le onde. Ogni volta che io salgo l'onda, lei scende la precedente con il risultato che la cima da continui e poderosi strattoni, mentre le onde continuano ad invadere Onda Etrusca che appesantita dal traino talvolta si ingavona passando dentro l'onda anziché sopra.

Sono non più di 15 minuti di corsa, ma sembrano ore interminabili. Finalmente superiamo la diga foranea e le onde spariscono come d'incanto. Mi spingo ancora all'interno per allontanarci dal frastuono del mare. Rallento, fermo il motore. Lo scafo che ora distinguo essere di colore giallo, continua il suo abbrivio e mi si affianca fino quasi ad un terzo della mia lunghezza.

Vado incontro all'uomo che è rimasto tutto il tempo attaccato allo strallo di prua.

- Grazie. Mi urla.
- Tutto bene ? domando
- Si , ma ce la siamo vista brutta
- Ci sono altre persone a bordo ?
- Si , mia moglie ed i miei due bambini

Appena nominati eccoli uscire, hanno i visi spauriti e pallidi. Uno dei due bambini che non avrà più di cinque anni è avvinghiato alla madre e piange. Dopo ancora qualche parola riprendiamo il traino ed attracchiamo entrambe alla banchina dove dimoro abitualmente.

Soltanto la mattina successiva, facendo un'analisi dell'accaduto, con Malaspina, realizzo di aver fatto tutta una serie di fesserie, tra cui la più evidente, quella di essermi lanciato in mare senza aver contattato la capitaneria né avvisato nessuno.

Credo che un po' di tutti quegli anni di Polizia, mi siano rimasti addosso. L'istinto di soccorrere chi è in difficoltà rimane inalterato anche dopo tanto tempo. Così non ho pensato, prima di lanciarmi al recupero e poi il mare mi ha impegnato senza lasciarmi il tempo di riflettere sino al rientro in porto.

Claudio e Daniela, così si chiamano i miei nuovi amici, la sera successiva organizzeranno una cena di ringraziamento per me. Così trasferiti tutti a bordo di Onda Etrusca, sufficientemente grande da ospitare anche i piccoli Alessandro e Claudia, Daniela preparerà una cena come soltanto una donna sa fare. Le molte scatolette aperte in questi mesi mi avevano fatto dimenticare il "commovente" sapore di una pietanza vera, cucinata con capacità ed amore.

Mi raccontano di essere di rientro da un lungo giro che li ha visti prima raggiungere Gibilterra sempre navigando lungo costa e poi puntare dritti sulle Baleari da dove con una navigazione d'altura, che per un 9 metri non è cosa da poco, hanno puntato sulla Corsica e poi da Calvì direttamente verso Spezia.

Come spesso accade in mare, quando ormai avevano cominciato a rilassarsi perchè prossimi a Spezia, ecco il mare gonfiarsi ed il vento salire nello spazio di qualche ora.

Il vero problema è stato quello della rottura della trasmissione alla pala del timone. Altre volte avevano navigato con mare grosso, raccontano Claudio e Daniela, tanto che i bambini sono talmente abituati al fluttuare della loro "casetta" che ne approfittano per fare giochi sotto coperta facendo scorrere una pallina da una murata all'altra della barca, senza minimamente preoccuparsi del mare. Questa volta però il vento forte, unito all'impossibilità di manovrare hanno reso la situazione davvero ingestibile.

Negli occhi di Daniela scorgo un bagliore, forse una lacrima che vorrebbe uscire.

Claudio interrompe il silenzio che è caduto sulla nostra conversazione:

- Ma poi ho sentito la tua voce alla radio ed ho cominciato a sperare che avremmo potuto farcela anche questa volta.

- È stata una serie di coincidenze quasi inspiegabili: l'essere svegliato dal vento, l'appello via radio, e poi avervi individuati quasi subito.

- Credo che possiamo ringraziare la nostra buona stella.

- Già, proprio così.

La serata prosegue tra le grida dei bambini che su Onda Etrusca scoprono nuovi spazi ed angoli per poter giocare rispetto alla loro barca. Le loro voci mi fanno tornare in mente il giorno della visita della scolaresca al "cantiere" di Onda Etrusca. Fulvio mi manca. Quanto vorrei che fosse qui con noi questa sera.

La mattina seguente Claudio prenderà accordi con un cantiere lì vicino ed alata la barca stimeranno che in una sola giornata di lavoro lui e tutta la sua famiglia potranno riprendere il mare per raggiungere casa.

Qualcosa si sta rompendo dentro di me. Un'ansia crescente mi rende inquieto. Claudio e Daniela con i piccoli hanno ripreso il mare questa mattina. L'addio è stato commovente, ma una delle caratteristiche della vita in mare è quella di incontrare nuovi amici cui donare un po' di sé e dai quali ricevere un po' di loro. Poi arriva sempre il momento di ripartire. Rimane una specie di piccolo souvenir che ti accompagnerà fin tanto che la memoria sarà in grado di ricordare. I volti di Claudio e Daniela, come quelli dei bambini, mi accompagneranno e saranno per me una visione di conforto nei momenti bui dei mesi a venire.

Dopo giorni passati a cercare di capire perchè Malaspina e la sua scuola di vela non sembrerebbero più in grado di colmare il vuoto che c'è in me, capisco che Claudio e Daniela hanno riaperto in me il "miraggio di una famiglia".

Sono solo ormai da troppo tempo e talvolta affiorano ricordi della mia "prima vita", quella in cui avevo una casa ed una moglie. Quando credevo che il futuro sarebbe stato proprio quello che immaginavo per me e per lei. Poi la mia tempesta personale ha cambiato tutto. Come un uragano ha stravolto i tempi e le aspettative, ho imparato da allora che non bisogna mai essere troppo sicuri di ciò che la vita ci riserverà. Un solo episodio potrà cambiare ineluttabilmente tutti i giorni della tua vita successiva. Anche per questo ho imparato ad apprezzare ogni giorno come fosse l'ultimo.

Il mio nuovo uragano si chiama Simona. La guardo ogni giorno venire al molo, attendere l'arrivo di Malaspina ed imbarcarsi sempre con un'aria seria ma distesa. Ha gli occhi verdi come il mare prima di un temporale e dei lunghi capelli neri. Resto seduto sulla coperta ad osservarla ogni giorno per tutta la durata della sua lezione di vela. Non le ho mai rivolto la parola e nemmeno lo farò. Sento di non poter condividere la mia vita con qualcuno. Sono abbrutito, sregolato. Ormai da troppo tempo dormo solo poche ore per notte, recuperando poi di giorno. I miei pasti sono fatti di pesci o scatolette. Proprio non potrei immaginarmi a dividere tutto questo "lusso" con una perla come lei.

Al termine dell'ultimo giorno del corso di Simona, dopo 10 giornate consecutive di mare, Antonio Malaspina si avvicina e mi chiede se mi interessa un lavoro di qualche giorno. Rispondo di si, penso che forse servirà a scuotermi un po' da quell'apatia che ha invaso le mie giornate. Lui annuisce, si volta e sbarca come al solito. Resto incuriosito, ma so bene che Antonio è sempre un po' enigmatico. Quando riterrà che sia il momento opportuno, probabilmente, mi darà maggiori dettagli.

La mattina seguente è sabato, mi attardo un po' di più in cuccetta perché, come sempre, ho dormito a tratti durante la notte. Alle 9.00 vengo svegliato dal rumore di un carrello sul pontile.

- Sveglia è ora di alzarsi. (la voce di Antonio)

Salto giù dalla cuccetta ed esco in pozzetto. Antonio spinge un carrello carico di viveri come di uno che è appena uscito da un supermercato.

- Carichiamo la cambusa tra poco il tuo ospite sarà qui.
- Chi ? domando ancora frastornato dal sonno.
- Hai un cliente che vuole navigare tra le isole dell'arcipelago, anzi dovrebbe già essere qui.
- Ed io cosa devo fare ?
- Devi approntare un buon piano di navigazione che comprenda Elba, Capraia, Giglio e Montecristo, ma probabilmente deciderete le tappe lungo il percorso.
- Quanto staremo fuori ? domando
- Non fare domande sciocche, solo Dio sa per quanti giorni il mare sarà disposto a sopportarti.

E' inutile cercare di capirne di più, quando Malaspina fa così bisogna lasciarlo fare. Mentre carico la cambusa stivando tutte le provviste, mi rendo conto che sono veramente tante, ne deduco che si tratti di un gruppo numeroso. Non ho mai fatto lo skipper, ma quello che mi preoccupa di più non è il mare, ma la convivenza con altre persone a bordo di Onda Etrusca. E' dai tempi di Fulvio che non ho più avuto ospiti a bordo se non per qualche ora.

Termino la sistemazione del materiale, e mentre chiudo l'ultimo gavone, dico ad Antonio di collegare la bocchetta dell'acqua per riempire i serbatoi di Onda Etrusca, mi risponde OK, ma il suo tono di voce mi lascia perplesso.

Esco in pozzetto e di Antonio non vi è più traccia, mentre seduta a poppa c'è Simona.

Resto immobile e senza parole. Mi sorride ed ancora una volta resto stregato dai sui occhi.

Cerco di darmi un contegno:

- Ciao, dove sono gli altri? (domando)
- Gli altri chi ?
- Antonio mi ha detto che aspettavo un gruppo per un giro delle isole toscane
- Infatti. Sono io il tuo gruppo. Ho chiesto agli altri ma nessuno poteva partire in questi giorni e così ci sono soltanto io. E' un problema ?
- ....no, certo che non è un problema.

Soltanto adesso capisco il tiro mancino di Malaspina. Gran figlio di una megattera casertana.

Mentre stiamo ultimando i preparativi per la partenza, eccolo ricomparire, si avvicina con aria sorniona e, rimanendo sul molo mi consegna una busta.

- Non aprirla. Conservala a bordo ed aprila soltanto se un giorno la capitaneria di porto o chi per loro dovessero fermarti per un controllo in mare. Soltanto in quel caso.

- Questo è l'ultimo favore che dovevo a Fulvio, me lo chiese prima di partire.
- Cosa centra Fulvio ?
- Non preoccuparti, prendila e fai come ti ho detto.

Avvolto da una nuvola del fumo della sua pipa, Malaspina si allontana lasciandomi con un palmo di naso ed una curiosità morbosa di sapere cosa conterrà quella busta, ma ho grande rispetto per lui e per il buon Fulvio, così faccio come mi ha detto. Ripongo la busta nella cartellina dei documenti di bordo e riprendo le mie attività.

Il nostro piano di navigazione si articola in maniera molto semplice. Decidiamo di puntare su Gorgona, sede della colonia penale e pertanto non avvicinabile a meno di un miglio, poi rotta su Capraia e poi vedremo. Mentre rimetto via le carte mi sovviene che non ho mai navigato fuori dalle acque di Spezia, se non per poche miglia, al comando di Onda Etrusca.

La prima parte del viaggio, sarà per me, un rivivere alcune delle emozioni della prima uscita in mare con Fulvio a bordo della nostra barca appena restaurata. Il mio silenzioso pensare, non passerà inosservato agli occhi di Simona che oltre che bellissima, si dimostra anche molto sensibile. Le giornate proseguiranno tra un mare clemente ed un commosso racconto dei tempi andati. Anche lei ha una storia alle spalle, nonostante la sua giovane età, la scomparsa dei suoi genitori l'ha indotta ad una crescita rapida che oggi, la rende molto più forte e matura dei suoi 26 anni.

Vive da sola e lavora come archeologa in una cooperativa fiorentina che si sta occupando del recupero di alcune navi etrusche rinvenute a Pisa. L'Archeologia è una passione che ha avuto sin da ragazzina e si ritiene fortunata di aver potuto fare di questa passione un lavoro.

Simona non domanda mai. Mi lascia il tempo di maturare il desiderio di raccontare piccoli frammenti della mia storia. Ascolta con attenzione e partecipa ai miei silenzi con una pazienza da "marinaio".

In prossimità di Livorno, l'attrazione magnetica di quei luoghi esercita su di me un'irresistibile pulsione. Così un po' sommesso domando a Simona il permesso di fare una piccola variazione al nostro programma. Prima di rispondere osserva i miei occhi un po' umidi e con un cenno del capo darà il via alla manovra che ci condurrà all'imboccatura del canale lungo il quale Onda Etrusca fu restituita a nuova vita.

Procediamo al minimo e davanti ai miei occhi scorre tutta la mia seconda vita. Mi sembra persino di sentire le voci dei bambini che ci salutarono il giorno della partenza. Dopo l'ennesima curva ecco comparire il casone di Fulvio. Accosto, con un balzo scendo a terra e raggiungo l'ingresso. Sulla vecchia porta di legno svetta un lucchetto lucente che mi fa rimpiangere quello vecchio e rugginoso col quale litigavamo ogni giorno per aprire la mattina e per richiudere la sera. Quel pezzo di ferro lucente mi sveglia dal sogno. Fulvio non è più li ed il casone probabilmente adesso è di altri. Simona intanto mi ha raggiunto restando due passi dietro me a guardare cosa faccio. Quando mi siedo sul terreno singhiozzando si avvicina e mi abbraccia come a voler lenire il mio dolore. Restiamo lì per un tempo indefinito poi torniamo a bordo dove la cena sarà l'occasione giusta per raccontare tutta la mia storia, tra un bicchiere di vino ed il suo sorriso che su di me ha l'effetto di un caminetto acceso.

La mattina seguente, baciata da un sole caldo ed un cielo terzo, riporterà il buon umore a bordo. Alzatomi per primo preparo una colazione da essere umani. Mentre la caffettiera sbuffa ecco Simona uscire dalla sua cabina. I capelli in disordine, gli occhi semi chiusi, il pigiama di pile ed il suo inseparabile sorriso. Capisco che ancora un fantasma ha lasciato la mia vita. Addio Fulvio. Buon vento.

Entro un'ora salpiamo riguadagnando il mare aperto, destinazione Capraia.

- cap. 6 -

L'isola di Capraia è un paradiso in terra. Una vera perla del mediterraneo, la bianca roccia interrotta da antiche colate laviche che colorano di rosso pareti e fondali rendono suggestiva la circumnavigazione. Il piccolo Marina di Capraia è quanto di più semplice si possa immaginare. Poche attività commerciali subito ai piedi della montagna. Una lunga salita ci conduce al paese arroccato sulla collina dalla quale si gode una vista mozzafiato.

Gli anni trascorsi a Pianosa hanno fatto di me un isolano. Poter guardare in ogni direzione sapendo che il mare mi circonda, anziché darmi ansia, come ad alcuni, mi rassicura. Adesso forse intuisco il mio legame con la barca. Onda Etrusca è la mia isola, quella dove posso rifugiarmi lontano dagli sguardi e dai cattivi pensieri, anche dai miei. Per la prima volta, la presenza "stabile" di una persona a bordo, non mi infastidisce.

Simona sembra aver infranto questo confine, entrando poco a poco nel mio mondo, in punta di piedi, così da non arrecare il benché minimo disturbo, anzi da farmi apprezzare il fatto di sapere che posso incontrare il suo sguardo ogni volta che ne sento il bisogno.

Il nostro soggiorno a Capraia dura, come da programma, fino a che entrambi non decidiamo che sia il momento di ripartire. Dopo le esplorazioni a terra, tra una natura prorompente e stormi di gabbiani che imbiancano intere parti dell'isola, durante la cena del quarto giorno la decisione viene presa. Domani mattina si salpa, anche se il nostro programma originario viene subito modificato. Non più le isole della Toscana, ma rotta sulla Corsica.

Il mattino ha l'oro in bocca, era solito dire Malavolti, uno dei miei compagni dei giorni di Pianosa. Così alle 6.00 sono già sul ponte a preparare tutto per la partenza. Il mio andirivieni in pozzetto ha sicuramente svegliato Simona, che però resta in cabina. Così poco prima delle 7, terminati i rifornimenti di rito, mollo gli ormeggi e faccio scivolare Onda Etrusca verso l'uscita del marina. Una brezza proveniente da est si manifesta subito ed è di quelle che non appena accenni a sciogliere il fiocco, lo fanno gonfiare in un attimo dando inizio alle danze.

Il mare è appena increspato e lo scafo scivola via come sull'olio. Mi volto a dare un ultimo sguardo a Capraia, come per ringraziarla dell'ospitalità e nel contempo mi lascio strappare la promessa che un giorno tornerò.

Preda delle emozioni che mi investono ogni volta che la mia barca gioca col vento, vengo distratto dal rumore di un peschereccio che mi segue ad alcune centinaia di metri appena fuori dalla marina. Posandoci lo sguardo, vedo qualcuno che saluta, ma è troppo lontano per distinguere qualcosa. Penso alla proverbiale accoglienza degli uomini di mare e rispondo al saluto con grandi bracciate.   Mentre passano i minuti il rumore del peschereccio si fa sempre più vicino, mi volto ancora a guardare ed adesso posso distinguere due persone a bordo, resto perplesso per il continuo salutare di una delle due. Così poggio leggermente per favorire il peschereccio che sembra volermi raggiungere a tutti i costi.

La persona che mi saluta e che presto si rivela essere una donna, è Simona. Una volta a bordo mi dirà che pensando di procurare la colazione si era allontanata prima del mio risveglio e poi si era scapicollata per la discesa che dal paese conduce al marina, ma senza fare in tempo a raggiungermi. Regalo al pescatore una bottiglia di vino per ringraziarlo, ma sembra gradire molto di più il bacio di Simona quando lo saluta. Adesso l'equipaggio è al completo e possiamo far rotta sulla Corsica.

Saranno giorni di rara serenità, il mare evidentemente ancora ci sopporta e così mi permette di solcarlo senza difficoltà. La traversata sarà effettuata in condizioni ottimali, anche se con poco vento. Il viaggio di Simona terminerà non appena in vista della Corsica, una telefonata la richiamerà prima in terra ferma e poi con un aereo a casa per improvvisi impegni di lavoro. Vi risparmio il momento del saluto che io stesso mi sarei risparmiato.

La sera della sua partenza resterò seduto in pozzetto sotto una luna che quasi sembra schiacciarmi, in compagnia di una delle numerose bottiglie di vino imbarcate, che senza farmi domande, si lascerà a poco a poco svuotare in un accalcarsi di pensieri e ricordi con i quali passerò in rassegna tutta la mia "seconda" vita come sull'orlo di un baratro, ancora una volta sento che tutto sta per finire, ma questa volta con una nuova idea che si affaccia nella mia mente.

Su di una malandata barca in legno ormeggiata accanto ad Onda Etrusca, un anziano signore dalla bianca barba e dalle braccia così magre da sembrare un ragno, mi fa compagnia con il suo bicchiere in mano. Non scambiamo neanche una parola favoriti forse anche dalla grande bandiera finlandese che espone a poppa, preferisco immaginare che abbia compreso il mio silenzio ed abbia voluto rispettarlo.

- cap.7 -

Alle prime luci dell'alba, io ed il mio mal di testa, molliamo gli ormeggi e mettiamo prua verso nord. Il volto del bianco signore Finlandese di ieri sera, che facendo capolino dal tambucio mi sorride, sarà l'ultimo che vedrò per oltre 10 giorni.

Quello che soltanto ieri sera era un'idea oggi è una decisione presa ed approvata. Niente più mi lega a nessun luogo. Andrò avanti fino a che il mare mi vorrà. Un po' come Bernard Moitessier con la sua Joshua, il mio accordo con Onda Etrusca sarà : "tu dammi vento ed io ti darò miglia".

Confortato da un meteo rassicurante e dalla cambusa pensata per due persone, dopo la partenza di Simona anche il mio mal di testa ha voluto sbarcare e così, carte nautiche alla mano e sestante, come Malaspina ha sempre predicato : "sfaccimme e' gps" penso di aver fatto rotta verso le Isole Baleari, perché quando ormai credevo di doverle scorgere a prua le ho invece scorte al traverso ma in lontananza. La mia navigazione solitaria che si è svolta sulle 24 ore mi ha portato in sintonia col mare.

Il suono delle onde che frangono sulla prua incessantemente, è un rumore che a poco a poco diventa familiare, come l'ondeggiare di tutto il mio "mondo solido".

Sparuti gabbiani in lontananza mi hanno urlato qualcosa che non ho compreso, ma che ho come la sensazione volesse essere un saluto.

Questo rumoroso silenzio diventa come una colonna sonora che mi accompagna senza tregua, a volte si interrompe nella sua continuità con un sordo rumore proveniente dalla coperta. La prima volta mi ha spaventato, ma poi mi sono abituato all'idea dei pesci volanti che vengono a farmi visita a bordo atterrando sul prendisole e che io mi affretto a rigettare in acqua.

Il mare ha voluto concedermi anche un'altra gioia, quella dell'incontro con tre delfini che si sono alternati a correre da un mascone all'altro della prua tra salti, tuffi e grida.

E' come guardare dei bambini che giocano al pallone, entusiasti della vita e con tutte le opportunità ancora nelle mani.

Ad uno di loro ho chiesto di portare un saluto a Fulvio, questa volta, nonostante la "diversa bandiera" sono certo abbia compreso.

Chi non è avvezzo a lunghe navigazioni in solitario può essere portato a pensare che sopraggiunga la noia, ma da quel che ho potuto vedere, i tempi del mare sono assai distanti da quelli dell'implacabile orologio, ad un certo punto, giorno o notte, fame e sonno diventano unicamente pezzeti di un unico insieme: "l'esistenza". E' come se una forza magnetica mi richiamasse non so bene dove, continuo a fissare la carta con l'unica certezza che il mediterraneo stia diventando troppo piccolo per me.

Un notte il vento rinforzerà oltre il dovuto, è il segnale che già conosco che prelude ad una notte in bianco...quando le condizioni meteo peggiorano, dormire sarebbe un azzardo, è necessario vegliare sull'imbarcazione al fine di non essere mai troppo invelati.

Alle 4 circa le condizioni sono proibitive, il fetch è ormai imponente, credo di trovarmi ad oltre 200 miglia dalla costa spagnola e l'onda è ormai formata e le creste iniziano a frangere. Il vento ha superato i 35 nodi, ho ridotto la velatura e proseguo con il mare al giardinetto sperando di cogliere una flessione nel fragore intorno a me come ad indicare il normalizzarsi della tempesta. Invece niente.

L'inferno ha appena spalancato le sue porte. Nonostante l'esperienza accumulata sento il timore crescere dentro me, ed invece devo sforzarmi di rimanere calmo ed in grado di ragionare, e mentre me lo ripeto un frangente spazza la coperta. Subito dopo la barca si impenna, sto salendo un muro d'acqua di oltre 7 metri, per un attimo Onda Etrusca si ferma sulla cresta e poi scivola verso il cavo dell'onda successiva. Non so per quanto potrò resistere, ma non ci sono alternative. Devo continuare. Assicuro alla meglio il timone e vado sotto coperta per gettare uno sguardo alla carta nautica, per la prima volta dopo giorni faccio un punto nave col gps, niente, sono solo ed in mezzo al niente, davanti a me solo le Baleari, ma lontane, troppo lontane.

Il rumore è assordante, torno in pozzetto giusto in tempo per un nuovo frangente che sembrava attendermi, vengo travolto da una massa di acqua gelida, per un attimo resto senza fiato, quando la morsa dell'acqua lascia la coperta di Onda Etrusca, riprendo il timone e scopro con sorpresa che i frenelli hanno ceduto sotto la spinta del mare. Il timone è in avaria e non sono più in grado di governare.

Non resta che chiudersi sottocoperta e sperare. Rientro, sigillo il tambucio, ma mentre scendo la scaletta scivolo ed impatto con la nuca sull'ultimo gradino...poi il buio.

Mi sveglio senza comprendere dove mi trovi...poi rinvengo, il mare non emette più il suo fragore, mentre dagli oblò filtra la luce del sole. Sono trascorse almeno quattro ore dalla mia caduta, comunque tutto si è placato e questo mi rassicura. Apro il tambucio ed esco in pozzetto...resto abbagliato da un sole splendente, mi ricordo dell'avaria al timone, sono ancora alla deriva. Mi volto verso prua e, che mi venga un colpo, a meno di un miglio c'è un isola, non enorme, ma pur sempre terra ferma. Alla punta nord svetta un faro a torre, costruito completamente in roccia bianca e cemento, sovrastato da una enorme lanterna.

Regolo le vele per raggiungere terra prima possibile. Passano i minuti ed avvicinandomi i dettagli diventano sempre più evidenti. Su di un piccolo pontile di legno scorgo una ragazza che guarda verso di me. Accenno un saluto con la mano e lei di tutta risposta, fugge verso il faro.

Con una manovra non troppo ortodossa riesco ad ormeggiare all'inglese al pontile. Cado seduto in pozzetto senza il coraggio di scendere a terra. Fulvio, ovunque si trovi, deve avermi teso una mano e la sua Onda Etrusca, ha avuto cura di me anche nella tempesta.

Ecco tornare la ragazza accompagnata da un uomo con una folta barba bianca. Si tratta del guardiano del faro, Albert, e la ragazza è sua figlia Andrea. Mi accolgono come si farebbe con un amico che torna da un lungo viaggio. Il faro, unica costruzione dell'isola, è uno splendore di legni con una scala che si avvita al suo interno sino alla lanterna. Subito sotto di lei, una stanza che occupa l'intera sezione del faro, dove Albert e Andrea vivono da oltre dieci anni in completa solitudine, eccezion fatta per la nave dei rifornimenti che li visita ogni 6 mesi. Andrea non parla quasi mai e comunque non con me. I suoi occhi neri superano ogni mia fantasia, è di una bellezza mozzafiato, tanto più se considerata in questo contesto di solitudine. Ceniamo nel faro, parlo con Albert che mi racconta di essere lì con sua figlia fin dalla morte della moglie e che alla notizia che il governo stava cercando un nuovo guardiano per il faro, non ha avuto esitazioni. Da allora per loro il tempo si è fermato. Vivono così in mezzo al mare coltivando un piccolo orto, più per passatempo che non per necessità alimentare.

Durante la mia permanenza sull'isola, mentre lavoro al timone di Onda Etrusca per porre rimedio ai danni provocati dal mare, sollevo lo sguardo ed incontro ogni giorno quello di Andrea, che mi guarda come fossi uno strano animale, ma appena provo a rivolgerle la parola, corre via. Passano i giorni ed il lavoro è completato, sono pronto a riprendere il mare. Più volte in queste 2 settimane ho guardato la carta nautica cercando di stabilire dove mi trovassi. Il GPS ha lasciato il suo ultimo punto nave in mezzo alla tempesta, da allora sembra non funzionare più. Il sestante mi da invece un punto nave con gli astri, sicuramente non precisissimo, ma il fatto è che dove mi risulta trovarmi guardando sulla carta nautica, non trovo altro che mare. Come se si fossero dimenticati di segnare questo atollo ed il suo faro.

Albert, quando gli domando come si chiama l'isola, risponde " le Grand Rêve" , ma continuo a non saperne più di prima, né sulla carta né su altre pubblicazioni di bordo trovo niente circa l'isola. Poco importa, è comunque stata la mia salvezza.

Il giorno di riprendere il mare è giunto, sul pontile Albert e Andrea attendono silenziosi, so di partire lasciando un po' del mio cuore in questo luogo fatto di silenzi interrotti soltanto dal rumore del mare e dove il tempo è una variabile che scandisce soltanto la notte dal giorno. Negli occhi di Andrea, così neri da sembrare una notte senza stelle, colgo un bagliore di commozione, lo stesso che c'è nei miei. Scendo in pontile, stringo la mano ad Albert che mi augura buona fortuna, mi volgo verso Andrea, allungo una mano per sfiorarle il volto, ma lei indietreggia e sorride. Ringrazio ancora per l'ospitalità e salgo a bordo. Il vento mi è favorevole, isso la randa e appena mollo le cime, Onda Etrusca, impaziente, riprende il mare, mentre le figure dei miei due amici diventano sempre più piccole.

Riprendo la mia navigazione, il sole scalda ed il vento gonfia le vele così come dovrebbe, continuo a pensare ad Andrea ed Albert, so che probabilmente non li rivedrò più, ma da loro ho capito cosa vorrei fare nei prossimi anni. Vorrei una piccola casa sul mare dove tornare dopo lunghe navigazioni. E' il momento di tornare al mondo civile, faccio rotta su Castellon de la Plana, il porto che credo essere più vicino a me, ho bisogno di rifornimenti di viveri ed acqua. Invece quando avvisto terra, sono certo di essere arrivato da qualche altra parte, ma non fa differenza, nessuno mi attende. Infatti sbarco a Benidorm, a poca distanza da Alicante. Ho sbagliato la mia rotta di soltanto 50 miglia....menomale che Malaspina non è qui a vedermi, chissà cosa mi direbbe.

Isso la bandiera di cortesia spagnola, quella che in mare indica l'accettazione delle leggi del paese in cui si sta entrando e subito sotto quella gialla, ad indicare che sto recandomi a far dogana per dichiarare il mio ingresso in terra spagnola. Accendo il GPS e come per incanto funziona nuovamente, forse l'acqua della tempesta si è asciugata, peccato non aver potuto fare un punto nave più preciso su le Grand Rêve.

Ormeggio al molo dei pescatori e sbarco due bottiglie di vino che tramutano il volto di due anziani del posto, che mi osservavano con sospetto, in un accogliente sorriso. Certi linguaggi sono internazionali. Adesso posso lasciare la barca tranquillamente, sono certo che i miei due nuovi amici, dalle loro sedie di paglia, vista mare, faranno buona guardia.

Sto per andare all'ufficio di Polizia del posto, quando invece loro arrivano in armi e con aria trafelata. Sono un marinaio scalcinato e non parlo una parola di spagnolo. Un maresciallo che ricorda terribilmente il sergente Garcia di Zorro, mi parla in un buon italiano e mentre mi stringe la mano e volgendo lo sguardo alla barca, dice che erano preoccupati per me. Qualcuno aveva segnalato la mia partenza dalle coste corse e in qualche modo aveva diramato un allarme alla notizia della tempesta. Pare che la Guardia Costiera francese e spagnola si fossero adoperati per cercarmi in mare, ma le ricerche erano state vane. Comunque adesso sono a terra sano e salvo e tutto si è risolto.

Sfrutto il sergente "Garcia" per fargli alcune domande, lo invito a pranzo in una taverna non lontana e lui accetta di buon grado. La taverna è invasa da gatti e pescatori, al suo interno un forte odore di sardine e sale, l'arredamento è fatto di legni scuri e ad ogni passo, a causa della scarsa luce, non vedo, ma sento la sabbia sotto le mie scarpe. Gli avventori non sono molti, e non comprendendo la loro lingua, percepisco una sorta di brusio che accentua ancor di più l'atmosfera del locale. Dal Sergente Garcia voglio sapere se conosce l'isola le Grand Rêve e saperne di più del perché non compaia sulle carte. Garcia mi ascolta con attenzione e alla fine con aria compassionevole esordisce con un "nunca", non esiste nessuna isola con il nome che dico....insisto non è possibile che nessuno conosca quel faro, se fosse uno scoglio affiorante potrei crederlo, ma la costruzione di un faro richiede atti amministrativi che non possono sfuggire alla Guardia Costiera locale.

Garcia per persuadermi di quello che dice fa un gesto come dirmi di aspettare, poi si rivolge ad un anziano pescatore in lingua originale e lui scoppia in una risata ruvida e rauca interrotta da una tosse sconquassante. Tornato alla calma, il vecchio sproloquia per alcuni minuti con il Maresciallo Garcia che al termine lo ringrazia e torna a parlarmi in italiano.

Il vecchio dice che quella che racconto non è una storia nuova. Alcuni pescatori oltre 20 anni prima tornarono dopo alcuni giorni di un incessante tempesta e raccontarono di essere approdati su di una piccola isola con un faro, dove riparano in attesa che il mare si placasse. Anche in quel caso i pescatori non seppero fornire precise indicazioni circa il faro ed i suoi abitanti, il guardiano Albert e la sua bambina con gli occhi neri come la pece, che si presero cura di loro, ma i marinai furono tutti rinchiusi.

Resto sbigottito….. posso aver sognato tutto ? Intento il vecchio pescatore si allontana scuotendo la testa e ridendo. Garcia mi guarda come fossi matto. Passerò la settimana consultando le carte di bordo e quelle dell'archivio della Capitaneria, senza trovare traccia di le Grand Rêve. Devo convincermi che forse si è trattato davvero soltanto di le Grand Rêve, soltanto un grande sogno.

Sempre più disturbato dalla presenza delle persone, che oramai percepisco come un brusio continuo, che il mio orecchio, ma forse ancor più la mia mente, cercano di evitare, nel tentativo di sentire il rumore del mare che è sempre troppo lontano per me, prendo la decisione: tornare in mare, e subito dopo mi chiedo perchè abbia atteso tanto per deciderlo.

Sono le 6 del mattino e resto in pozzetto ad ammirare l'alba, cerco una motivazione per scegliere la nuova rotta. Ad un tratto un gabbiano richiama la mia attenzione, vola verso est e lì io andrò. Mollo gli ormeggi, improvvisamente una fretta di riprendere il mare mi assale, pochi attimi e sono fuori dal porto. Blocco la barra del timone ed a piede d'albero isso la randa quasi tutta di un fiato. Il gabbiano è ormai scomparso dalla mia vista, ma è come se avesse lasciato una scia impercettibile lo inseguo. Il vento non tarda ad arrivare e procedo speditamente verso il sole che intanto sento farsi più caldo. Socchiudo gli occhi e mi lascio baciare, è una sensazione di libertà infinita. Un enorme sorriso mi si accende in volto, al culmine di questa sensazione, urlo verso il mare aperto. Di nuovo libero, di nuovo vivo.

Un lungo bordo di bolina mi porta in pochi giorni a riavvistare terra. A bordo tutto è filato liscio, buono il meteo, splendida Onda Etrusca che sa tenermi nel suo ventre come una madre in attesa del parto. L'unico inconveniente di questa navigazione è stato che

l' orologio di bordo si è fermato. Non è fondamentale per me conoscere l'ora, ma il fatto che sia stato recuperato da una vecchia barca, sistemato ed installato a bordo da Fulvio, gli conferisce per me un valore inestimabile.

Approdo a Savona ed un vecchio marinaio in un maglione bucato, resta a guardare tutte le mie manovre.

Un proverbio del mare recita " *il miglior comandante è quello in banchina*"; intende dire che da terra, coloro che guardano una barca manovrare per l'accosto, sono sempre più bravi di chi sta al timone e solitamente sono prodighi di consigli e suggerimenti.

Il vecchio marinaio, invece, mi sorprende perchè non dice una parola e il suo sguardo non tradisce né emozioni né giudizi. Sbarco proprio davanti a lui e gli rivolgo il mio saluto. Lui risponde con un lieve cenno del capo mentre mastica tabacco.

Faccio provviste e proprio sul porto, a pochi metri dal vecchio che non lascia la sua posizione, trovo un negozio di articoli nautici il cui proprietario sosta sull'ingresso. Gli domando se sia in grado di riparare un vecchio orologio di bordo meccanico, lui scuote la testa ma dice che potrebbe vendermene di ogni tipo, al quarzo, digitali, radiocontrollati, ma quello che voglio non è un orologio, ma il mio orologio. Ringrazio e torno verso la mia barca.

Il vecchio marinaio è sempre lì e quando gli passo davanti, si lascia sfuggire un grugnito, lo guardo e finalmente proferisce parola: " a Quarto, a levante di Genova, c'è una bottega con una donna, soltanto lei è in grado di fare un buon lavoro". Capisco che abbia seguito la conversazione con l'uomo del negozio. Ringrazio cercando il suo sguardo che si è già riappoggiato sulla linea dell'orizzonte. La conversazione termina così. Risalgo a bordo e riprendo il mare.

- cap. 8 -

Quarto sulla mia carta è piccolissima, arroccata sul mare poco a est di Genova; dal 1926, assorbita dal Capoluogo Genovese, fu teatro della partenza dei Mille il 5 maggio 1860, guidati da Garibaldi. Vista dal mare, Quarto, sembra immobile. Una profonda ferita, la ferrovia, che corre subito a monte del centro, la protegge dalle insidie della terra ferma.

Do fondo all'ancora nella baia, non essendoci un molo dove ormeggiare. Metto in acqua il battellino di servizio e mi avvio verso terra. Sulla spiaggia intravedo una figura umana, con un cane.

E' una giornata tiepida ed il mare ha un aspetto rassicurante. Avvicinandomi distinguo meglio una donna, dal volto pulito, che guarda verso il mare come in attesa di qualcosa o qualcuno. In fondo tutti noi siamo alla ricerca di qualcuno, probabilmente io stesso, ma non so ancora di chi o cosa.

Sbarco sotto il suo sguardo e le domando subito se conosca una persona in grado di riparare vecchi orologi, in paese. Dice di sì e si offre di accompagnarmi. Il cane ci segue girandoci intorno, è un lupo non giovanissimo, ma pieno di vita. Le prime immagini di Quarto mi catturano, la gente vera, semplice, intenta nelle proprie attività e poi la sensazione che tutti si conoscano.

Il maresciallo dei carabinieri, alla porta di un bar, ci segue con lo sguardo, mi ha subito individuato come un forestiero. Pochi passi e siamo sulla soglia di un piccolo negozio. Ringrazio e faccio l'atto di spingere la porta verso l'interno, ma non si apre. La donna rimasta alle mie spalle chiede permesso, mi sposto e lei inserisce una chiave nella porta e la fa scattare.

Apre e voltandosi verso di me dice: " ciao io sono Lucia e sono la persona che cercavi". Mentre penso alla figura da fesso che ho appena fatto, il cane sfreccia all'interno del piccolo negozio passandomi tra le gambe e facendomi fare un sussulto. Lucia ride, "come posso aiutarti ?".

Prendo dalla tasca il vecchio orologio di ottone di Onda Etrusca, questa volta è lei ad avere un sussulto. Lo prende dalle mie mani, lo accarezza, lo soppesa, è tenerissima, come si potrebbe fare con un cucciolo di pochi giorni di vita. Il suo volto si accende, lo sguardo si illumina e si inumidisce al contempo. L'emozione che prova per questo tipo di oggetti tradisce tutto il suo trasporto. Rimango un po' interdetto, vorrei riprendere l'orologio, ma lei lo mette sotto la luce e con un panno comincia a lustrarlo. Mi convinco di averlo portato nel posto giusto ed il suo volto mi dice che posso fidarmi di lei.

- Vedi il mio orologio di bordo, non funziona più.

Lucia sorride nuovamente:
- Nessuno è mai venuto a cercarmi con il suo orologio preferito che funzionasse a dovere.

Ha perfettamente ragione. Chiedo se può aiutarmi e lei dice di sì, mi invita a tornare alla sera.

Subito accanto, all'angolo c'è un bar, molto frequentato. Entro e subito mi pento di averlo fatto, tutti si voltano a guardarmi e smettono di parlare. Resisto a stento alla tentazione di uscirne, mi siedo all'unico tavolo ove vi sia una sola persona, più per sottrarmi agli sguardi che non per mia volontà. La persona seduta con me è un giovane sui 25-30 anni, una persona carina, educata, mi racconta di essere un carabiniere, ma non sembra averne la grinta.

Mi chiede da dove vengo ed io racconto alcune delle tappe del mio viaggio, tralasciando il mio punto di partenza. Di sè mi dice che gli piace il suo lavoro e che è molto innamorato di una ragazza del paese che fa il paramendico presso le ambulanze di Quarto.

Gli dico che sono certo sia una persona speciale dato che chi ha il coraggio di occuparsi degli altri è sicuramente in pace con se stesso. Lui annuisce. Ancora qualche chiacchiera e mi congedo da lui. La mia sensazione su questo luogo è stata confermata. Gente vera, semplice, capace di parlare con il cuore in mano anche ad uno sconosciuto.

Il resto della giornata scorre in una lunga passeggiata lungo la via di Quarto, il sole ed i gabbiani fanno da cornice al mare, nonostante sia ottobre inoltrato, ad ogni ansa ci sono bagnanti e persone che, in silenzio, prendono il sole. Tutta la strada è disseminata da splendide case affacciate sul mare. Cosa darei per possederne una. La mia natura terricola si riaffaccia insinuando il dubbio, ma non appena il mio sguardo si allunga verso ovest, e incontro Onda Etrusca, tutti i pensieri si sciolgono come nebbia al sole lasciando soltanto un desiderio incontrollabile di tornare a bordo e riprendere il mare. Mentre sono rapito dai pensieri, guardo l'orologio e mi accorgo che sono già le 19.30, il sole comincia la sua discesa ed io mi affretto a tornare al negozio per riprendere il mio orologio.

Al mio arrivo il negozio di orologi è già chiuso. Sulla porta un biglietto: "per l'uomo della barca ci vediamo in spiaggia alle 22.00" per un momento mi assale il dubbio di aver perduto per sempre l'orologio di Fulvio. Poi mi torna in mente il volto di Lucia e la cosa mi rassicura. Alle 22.00, ma in realtà molto prima, sono in spiaggia ad aspettare.

Lucia arriva, sempre accompagnata e preceduta dal suo fedele compagno, che dopo avermi distribuito potenti colpi di coda in segno di simpatia, si allontana.

- Ciao
- Ciao, ho portato il tuo prezioso orologio.

Estrae dalla tasca un fagotto lo apre con delicatezza e subito un raggio di luna vi si riflette sopra. Riluce come un diamante ed emette un ticchettio netto, pulito, come credo di non avergli mai sentito fare. Restiamo in silenzio. Il mio è un silenzio riconoscente ed emozionato, il suo non lo so. Mi chiede di sedermi su uno scoglio sul quale a volte il mare si allunga inumidendone la base, per poi ritrarsi. Lo faccio, lei si siede alle mie spalle ed avvicina l'orologio al mio orecchio sinistro.

- Ascolta, questo è il suono che scandisce tutte le nostre vite, la gente non lo sa, crede siano soltanto macchine, ma al loro movimento, dobbiamo il nascere, il crescere, l'invecchiare e pure il nostro morire.

Ha perfettamente ragione, non ci avevo mai pensato, quante tappe delle nostra esistenza possono essere scandite dall'incedere di quelle lancette....

- Sai, gli orologi somigliano un po' alle barche, chiedono soltanto che qualcuno si prenda cura di loro e poi ci accompagnano per tutta la vita e a volte ci sopravvivono.

Il mio pensiero corre a Fulvio ed a come ci siamo conosciuti. La sua voce mi richiama alla realtà:

- C'è tutta una terminologia precisa nel mondo degli orologi proprio come in barca, sai cos'é l'ansa di corna?

- Non ne ho idea, ma se può servire a bordo c'è il corno di trozza...
  Ride di gusto.

Domando quanto devo per la riparazione, risponde : "un invito a cena a casa tua"
- Io non ho una casa, vivo lì (indicando Onda Etrusca, che si palesa in mare soltanto grazie alla luce di fonda)
- Bene allora andiamo a bordo....

Esito un momento, è dai tempi di Simona che una donna non sale a bordo, a parte nella mia fantasia.

- Allora?
- Va bene, andiamo.

Il battellino per noi ed il cane è un po' stretto, ma ci arrangiamo. Con lenti, ma poderosi colpi di remo, raggiungiamo Onda Etrusca. Terminate le operazioni di sbarco e sistemato il quadrupede allo strallo di prua, scendiamo sotto coperta.

Lucia rimane senza parole per i colori dei legni ed il calore di Onda Etrusca. Sono così abituato a lei, che a volte non mi rendo più conto di quanto sia bella.

Ci raccontiamo di noi, mentre improvviso una cena da marinaio, fatta di pasta e scatolame. Lucia mi racconta della sua vita e della sua unica altra esperienza in mare, non esattamente eclatante. Assumo con lei l'impegno, di farla riconciliare con la navigazione.

risponde :

- E allora che cosa aspetti?

Mi volto per capire se sta scherzando, ma i suoi occhi sono illuminati di una luce irreale, sorride sperando di trovare in me conferma. Terminiamo in fretta la cena, ma del resto era poca cosa e poi su in pozzetto per spedare e salpare l'ancora.

Issiamo la randa ed il rumore deve risvegliare Onda Etrusca che subito si muove. Illuminata dalla luna, comincia lentamente a muoversi prendendo il largo. In pochi attimi siamo in navigazione, illuminati da una luna prepotente che con il suo riflesso sull'acqua, segna la nostra rotta. Il mare è calmo, appena crespo. Onda Etrusca emette soltanto il rumore dell'acqua tagliata ed un leggero sventolio di vele, non parliamo. Messe a segno le vele, blocco il timone e mi sistemo in pozzetto davanti a Lucia. Lei ha lo sguardo di una bambina davanti ad una vetrina di gelati.

La magia del mare e della vela risveglia in tutti antiche passioni e nostalgie.

A poppa si presenta uno spettacolo mozzafiato. La scia della barca si sovrappone a quella della luna in uno sbrilluccichìo argenteo di rara bellezza.

Il vento rinforza e procediamo ad oltre 6 nodi su un mare irreale che sembra essere stato creato per la navigazione notturna. Alle prime luci dell'alba siamo ancora in pozzetto. Il cane non ha l'aria di aver gradito il beccheggio della barca.

Parliamo a bassa voce come per non svegliare il mondo che ancora dorme e noi stessi. Vorrei che questa notte non finisse mai.

Lei è avvolta in una vecchia coperta, lascia fuori soltanto gli occhi ed i capelli oramai in balia del vento. Io mi aggiungo alla coperta in un abbraccio che ha il pretesto di svolgere soltanto una funzione termica, ma in realtà quello che scalda veramente è il suo sguardo.

Ogni volta che lo incontro mi sento dentro la tempesta.

Mi stacco da lei solo per scendere a preparare il caffè. Lo stesso caldo aroma, lo stesso pentolino di smalto blu che segnò l'inizio della mia nuova vita in mare, allora depositato davanti a me e che adesso porgo a lei, nella speranza comprenda tutta la solennità di questo momento.

Alle 8.30 del mattino, sono un po' deluso dal sorgere del sole ed all'idea che la notte sia ormai finita. Torniamo a terra con somma soddisfazione del cane Saturnino che quasi si inchina a baciare la spiaggia.

Ancora un abbraccio.

- Adesso cosa farai, mi chiede
- Tornerò in mare, quello è il mio posto
- E tu ?
- Non so, e come se la mia vita stanotte fosse finita, guarda.

Mi mostra il suo orologio…… è fermo.

Abbassa gli occhi e spettinata dal vento fresco, si volta e si allontana guardando lontano. La osservo senza il coraggio di dire niente.

Il cane rimane accanto a me, ma poi la rincorre.

Sapessi farlo io…..

Non so più cosa fare e questo disagio mi spinge a cercare rifugio nella mia barca. Come rincorso dai pirati, mi affretto a salpare l'ancora e issare le vele. Riprendo il mio viaggio verso….non so cosa, forse la vita, forse il niente. Mi soffermo a guardare l'orologio di Fulvio che grazie a Lucia ha ripreso a segnare il tempo della mia vita. Metto prua verso il largo, cazzo la randa. Il vento è fresco, la barca si inclina e inizia la sua corsa. All'orizzonte un peschereccio seguito da uno stormo di gabbiani urlanti. Io sulla mia barca sono invece inseguito dagli occhi di Lucia che non vedo, ma posso sentire o almeno spero, mi stia guardando.

Mentre il vento rinforza ancora, scorro con la mente questi ultimi giorni, qualcosa in me non và. E' un sottile dolore che mi accompagna, come quando c'è una fitta nebbia, sai che qualcosa intorno a te c'è, ma non puoi vederlo. Puoi soltanto cercare di intuirne i contorni per non farti troppo male, per non farti cogliere impreparato.

- cap.9 -

Il sole è già alto, devo aver dormito profondamente stanotte, non ricordo di aver sentito niente. Il meteo è stato clemente, il mare calmo ed il vento quieto hanno cullato me ed Onda Etrusca per tutta la notte.

Sono all'ancora nel golfo Stella dell'isola d'Elba.

Resto stordito dalla luce e dai colori magnifici dell'isola. Il verde che ricopre la sommità delle montagne e che degrada nel grigio della pietra sino al mare e che fa da cornice ad un azzurro intenso frastagliato di riflessi del sole del primo mattino. In lontananza una vela interrompe l'orizzonte. Intorno a me soltanto calma e lo stridere di due gabbiani che giocano con il vento, evidentemente presente oltre la vetta del promontorio. Questi ultimi mesi della mia vita sembrano essere volati via proprio come i due gabbiani. Di loro mi rimangono soltanto gli echi. Metto ordine a bordo tra le cose oramai affastellate, cercando di fare altrettanto nella mia testa. Tra le altre cianfrusaglie mi passano per le mani un libro di Fulvio, che non ho mai voluto aprire: "Tamata e l'alleanza" di Bernard Moitessier e ritrovo anche la busta sigillata di Malaspina, quella che avrei dovuto aprire soltanto in caso di controllo in mare. I ricordi mi assalgono ed in questa pace irreale, mi siedo in pozzetto con il libro di Fulvio, lo accarezzo cercando di ricordare i lineamenti del suo volto, ma l'immagine che ho di lui si è un po' sbiadita. Fulvio non amava le fotografie e non c'è mai stata l'occasione per scattarne una, così devo affidarmi soltanto alle immagini del cuore.

Apro il libro e comincio a leggere. Come posseduto dalle parole in esso scritte, passo di pagina in pagina senza riuscire a fermarmi. Trascorro l'intera giornata avvolto dalle parole del grande navigatore. L'Indocina, la Francia e poi Capo Horn e ancora il patto di alleanza con la sua barca. Alle 19 mi accorgo di aver trascorso tutta la giornata in pozzetto, soltanto perchè comincia ad imbrunire. Chiudo il libro e lo ripongo con cura. Questo è l'ennesimo regalo di Fulvio. Adesso so cosa voglio fare. Navigherò fintanto che le finanze me lo permetteranno. Onda Etrusca è generosa e a me basta poco per vivere. Non importa verso dove o cosa. Navigherò alla ricerca del mio io, di una motivazione e di un significato. Navigherò fintanto che ci sarà mare e che la mia barca vorrà prendersi cura di me.

Al mattino seguente salpo di buon mattino e faccio rotta su Porto Azzurro. Il toponimo è decisamente meritato, un ampia baia fa da ingresso ad un paese da cartolina. Il molo si affaccia sulla piazza principale. Faccio provviste, acquisto qualche carta nautica e torno subito a bordo. Durante le operazioni di carico scambio qualche sorriso con il tipo della barca accanto, si chiama Carlo e viene da Como. A volte i marinai di lago sono in gamba anche più di coloro che trascorrono la vita in mare. Carlo sta trasferendo un barca da Genova in Sicilia in solitario, questo ci accomuna e il suo utilizzare soltanto le parole necessarie nel parlare, senza il tipico parlarsi addosso dei vacanzieri, lo trovo splendido. Se sollecitato alla conversazione parla con trasporto e cognizione, ma senza eccedere, né nei toni né nelle quantità. Carlo è un uomo di 45 anni, single e con il mare nelle vene. Il giorno seguente, quando il sole fa capolino, mi spingo in pozzetto chiedendomi se potrò salutarlo prima della mia partenza. E' gia lì. Avvolto nel suo giubbotto rosso, e dietro quella barba accenna un sorriso. Si alza, scruta il cielo e poi si mette a preparare la sua barca per salpare. Faccio altrettanto. Sembriamo due regatanti negli attimi precedenti la partenza, ma la nostra non é una competizione, ma la convergenza di due vite che per qualche giorno scorreranno parallele. Cosi, senza bisogno di lunghi discorsi mi dice "sei pronto?" rispondo con un cenno e pochi istanti dopo siamo in mare.

Carlo trasferisce una barca inglese degli anni 70, classica nelle linee e dalle estremità affilate, veramente una bella barca, si chiama "PanPos", mi domando cosa significhi, ma spesso i nomi delle barche hanno un significato solo per i loro armatori. Onda Etrusca è larga quasi il doppio di lei e sicuramente questo sarà penalizzante nel confronto in mare.

Sono giorni di navigazione in flottiglia, soli, indipendenti, ma sempre l'uno con un occhio all'altro. Durante le soste, per lo più in rada, ci alterniamo per la cena ora su PanPos ora su Onda Etrusca. Carlo è proprio una persona speciale. Gentile nei modi, ma sempre molto sicuro di sé, non nasconde che a volte baratterebbe un po' della sua libertà per una famiglia che lo aspetti a casa al suo ritorno. Il sapore dei ricordi si affaccia ad affliggermi e quella notte non riesco a chiudere occhio pensando che io ero così fortunato da avere una famiglia e così stupido dal mandare tutto alle ortiche. Anche quello è un capitolo della mia esistenza dal quale rifuggo, sino ad oggi non ho mai considerato l'ipotesi di andarla a cercare. Chissà, forse un giorno. Così tra giornate in mare e colpi di vento arriviamo in Sicilia.

Cariddi ci accoglie segnando la fine del viaggio di Carlo.

L'attraversamento di uno stretto per i navigatori ha sempre un sapore speciale e simbolico. Il termine di uno spazio "familiare" e l'ingresso in acque "ignote". Il confrontarsi con le condizioni marine è paragonabile ad una lotta con un mostro invisibile che evoca la mitologia.

Si racconta che Cariddi, figlia della Terra e di Poseidone, durante la sua vita di donna, avesse mostrato grande voracità. Quando

***Eracle** attraversò lo Stretto con le mandrie di Gerione, Cariddi divorò gli animali. Zeus la punì colpendola con uno dei suoi fulmini e la fece precipitare in mare, trasformandola in mostro: tre volte al giorno Cariddi ingurgitava masse d'acqua con tutto ciò che in essa si trovava, e così inghiottiva le navi che si avventuravano nei suoi paraggi, poi vomitando l'acqua assorbita. Persino Ulisse si trovò a confrontarsi con il mostro. Quando **Ulisse** transitò la prima volta per lo Stretto, sfuggì al mostro ma, dopo il naufragio provocato dal sacrilegio contro i buoi del Sole, fu aspirato dalla corrente di Cariddi. Ebbe tuttavia la furbizia di aggrapparsi a un albero di fico, che cresceva rigoglioso all'entrata della grotta in cui si nascondeva il mostro, cosicché, quando ella vomitò l'albero, Ulisse poté mettersi in salvo e riprendere la navigazione.*

Ad un tiro d'arco da Cariddi, sull'opposta sponda dello Stretto, un altro mostro attendeva al varco i naviganti. Era Scilla, nascosta nell'antro profondo e tenebroso, che si apriva nella roccia liscia e levigata, inaccessibile ai mortali.

Carlo da qui tornerà indietro con un'altra barca, Gap3 di Luca e Daphne, una coppia di Torino, giovane, piena di sano entusiasmo, simpatica ma digiuna di vela e navigazione. Mi chiedono di restare qualche giorno, ma non posso fermarmi, la mia anima è ancora strappata ed io devo recuperarne i pezzi. Saluto i ragazzi e Carlo con la promessa che ci rincontreremo... forse. Luca e Daphne mi hanno parlato del loro sogno di restaurare Gap3 e visitare la Grecia e le sue isole.

L'idea di andare in Grecia mi stuzzica e poi sono certo che la vita ci dia continuamente dei segnali ed a noi non rimane altro che interpretarli. Luca, Daphne e Carlo, forse, erano stati messi sulla mia rotta proprio per questo ed io non intendevo sottrarmi al mio destino, qualunque questo fosse. Tra l'altro la Grecia ha fama di essere meno costosa del nostro paese, cosa non trascurabile dato che queste ultime settimane hanno assottigliato le mie finanze in modo preoccupante.

Parlando con un pescatore del luogo mi spiega che uno degli aspetti più insoliti dello Stretto è che esiste un perenne dislivello tra le acque dello Ionio e quelle del Tirreno, che diminuisce man mano che ci si avvicina al punto di contatto dei due bacini, ove naturalmente si annulla. Quando le acque a Nord della 'sella' sulla linea Ganzirri - Punta Pezzo sono in fase di alta marea, quelle a sud della stessa linea sono in fase di bassa marea: le acque tirreniche si riversano allora nello Ionio colmando tale dislivello, e la corrente in direzione nord-sud che deriva da questo fenomeno è definita 'scendente'.
Il flusso della *scendente* ribalta la situazione, innalzando la superficie del bacino ionico che, raggiunto un determinato livello, tende a riversarsi nuovamente nel Tirreno attraverso la linea Ganzirri - Punta Pezzo. Questa corrente che attraversa lo Stretto in direzione Sud-Nord è detta 'montante'.

Entrambi i flussi si manifestano gradualmente, non contemporaneamente in ogni punto, partendo dalle acque antistanti Capo Peloro ed estendendosi successivamente alle altre aree dello Stretto. La *scendente*, dal momento in cui inizia a manifestarsi al Peloro, impiega circa un'ora per raggiungere Ganzirri e tra le due e le tre ore per arrivare a Messina. Allo stesso modo, anche la *montante* fa la sua comparsa a Capo Peloro, e solo alcune ore dopo si estende a tutto lo Stretto. In altri termini, mentre a Messina si è ancora nelle ultime due ore di *montante*, questa durerà ancora solo per circa un'ora a Ganzirri, mentre a Capo Peloro fa già la sua comparsa la *scendente*. In pratica mi trovo davanti ad un meccanismo complesso di acque in movimento.

Passo la notte a studiare mappe, carte e libri ed alle 4 del mattino decido che è il momento di salpare. Il mare è calmo e non dovrei aver problemi nell'andare verso sud.... le ultime parole famose, dalle 4 alle 7 percorro ben 1,75 miglia, a piedi avrei percorso almeno il doppio. Avanzo come a dorso di una tartaruga e adesso è cominciato anche il traffico delle petroliere. Ad un tratto si alza il vento e Onda Etrusca comincia a prendere velocità. Man mano che mi allontano dallo stretto la corrente rallenta e diventa meno sensibile, così riprendo la mia navigazione. Questa volta, verso la Grecia.

- cap.10 -

Capo Vaticano, Spropolo, Brancaleone e Bovalina Marina, capi e promontori si susseguono come i giorni della mia esistenza, come messi alla rinfusa, ma secondo un sicuro progetto a me non ancora noto. Capo Rizzuto segna la punta nord del Golfo di Squillace. All'altezza di Scifo infuria una sorta di tempesta. Riduco la velatura e avanzo con una bolina stretta con le onde che spruzzano la prua. Decido di cercare riparo a terra prima di intraprendere il lungo bordo che mi porterà in terra greca. Entro nel piccolo porto di Cirò Marina sfidando i bassi fondali, ma almeno posso ormeggiare e scendere a terra. Dopo giorni di navigazione ininterrotta il labirinto del mio orecchio interno, responsabile dell' equilibrio, fa davvero fatica a comprendere la stabilità del terreno. Così mi aggiro per le vie antistanti il porto come un ubriaco, ondeggiando e barcollando. Barcollo anche quando sto per entrare in un negozio di alimentari per acquistare un po' di provviste e nel mentre esce una ragazza carica di pacchetti. L'impatto è cruento, i pacchi volano al di là della strada ed io cado rovinosamente a terra. Da prima lei inveisce, ma poi, nel non vedere in me alcuna reazione aggressiva si calma.

- Scusa è che sono un po' frastornato

- Non importa, ti sei fatto male?

- Veramente non lo so, sono in preda al mal di terra

Mentre cerco di riprendere la posizione eretta, mi affretto a raccogliere i pacchetti caduti e sull'ultimo le nostre teste si scontrano.

Mi affretto a cercare di giustificarmi.

- Non me ne va bene una oggi, scusami ancora

E lei

- Non ho mai incontrato un disastro come te.

Ride, il suo volto si accende di un sorriso dolcissimo.

- Mi chiamo Angela, Angelina veramente e tu?

- Io…. sono mortificato

- Che strano nome.

Ridiamo…

Per farmi perdonare la invito a pranzo, ma un ristorante proprio non posso permettermelo. Così ci adattiamo nella mia reggia galleggiante. Spaghetti e tonno, lei sembra gradire, io a dire il vero non sto mangiando altro da oltre una settimana e poco comprendo il suo entusiasmo per quelle cibarie. Si raccoglie in un angolo e mi racconta. Un giorno ha deciso di mollare il suo paese, Rocca di Neto, e trasferirsi a Roma per laurearsi in Psicologia.

- Così fai la psicologa?

- No, la maestra elementare

- Qui a Cirò Marina?

- No, a Firenze, qui vivono i miei e ogni tanto scendo a trovarli

Mi parla del suo lavoro, è facile comprendere come occupi una gran parte della sua vita e quanto gli sia attaccata. Parliamo dei suoi ragazzi, è estasiata. Quando racconta gli aneddoti della classe ed i progressi degli alunni lo fa chiamandoli tutti per nome. Sembra che parli dei suoi figli e non di scolari. Giulio, Tommaso, Alessandro, Sara… è chiaro che quelli che per me sono soltanto nomi per lei rappresentano un tassello importante della sua vita.

Il trasporto che traspare dalle sue parole dichiara apertamente la sua scelta: quella di rinunciare ad una professione per dedicare la propria vita ai ragazzi. La conversazione si sposta inevitabilmente su di me ed io faccio un po' l'enigmatico. Non credo sia una buona idea dirle che vengo da un carcere e navigo in cerca di non so cosa. Lei capisce perfettamente che sto girando intorno a qualcosa e non insiste. Nel primo pomeriggio si congeda, dice che deve far rientro a Rocca di Neto e poi in serata prendere il treno per Firenze. Quasi non avevo notato che venisse dalla mia stessa regione di partenza. I tempi di Pianosa ed i lavori sulla barca sembrano 100 anni lontani.

Alla sera il marina si popola di gente e di barche. La mattina seguente da lì partirà una regata. Si tratta di una competizione che vedrà 20 barche di tipo diverso compiere una navigazione sino a Aghios Nikita sull'isola di Lefkada, dove una boa segnerà l'arrivo. Una commissione prenderà il tempo alla partenza di ogni imbarcazione ed un'altra commissione prenderà il tempo all'arrivo. L'orario di partenza potrà essere libero tra mezzanotte e le 6 del mattino di domani. Non ho mai regatato ed il mio mare non è certo un luogo di competizione, ma piuttosto di riflessione e raccoglimento, ma bisogna pur mangiare ed il primo premio è di 10.000 euro.

Passo la serata a parlare con gli altri velisti, l'atmosfera mi dicono essere la stessa che si respira la sera prima di una partenza per la temuta regata del Fastnet o prima di una traversata atlantica. Sono come sempre un po' pesce fuor d'acqua. Quando le voci sono molte, mi limito ad ascoltare ed intervenire solo se sollecitato. Certo è che la fratellanza va ben aldilà dei semplici equipaggi. Ci sono barche giunte da Trieste ed altre da Napoli. L'intreccio dei dialetti ed espressioni tipiche colora la conversazione di un patrimonio che dovremmo riuscire a conservare, alla faccia della globalizzazione. C'è anche un equipaggio di Viareggio, ma senza barca, che è attesa nel corso della nottata.

Rientro a bordo e l'idea di iscrivermi alla competizione si è ormai insinuata nei miei pensieri. In fondo, tutto quello che mi resta sono 250 euro, esattamente quanto viene richiesto di iscrizione per ogni componente d'equipaggio. Un simile somma per me rappresenta circa un mese di autonomia, poi comunque dovrei affrontare il problema di rimpinguare la cassa prima di proseguire il mio viaggio, tanto vale tentare la sorte. Ho deciso, vado a iscrivermi. Gli organizzatori accettano di buon grado nuove imbarcazioni alla competizione, ma restano perplessi quando dichiaro di essere solo a bordo, le altre barche hanno da 4 a 6 persone ciascuna. Solo l'intervento dei tre componenti dell'equipaggio di Viareggio, ancora in attesa della loro barca, che garantiscono sul fatto che io sia realmente solo a bordo, persuade la commissione ad accettare la mia candidatura.

Appena terminate le pratiche, torno a bordo e decido di salpare. Sono le 23.30 e l'addetto alla banchina, annota il mio orario di distacco e lo comunica alla commissione. Non sono il primo ad essere partito, appena fuori dalla marina vedo una barca affollata di persone che si danno un gran daffare.

Parlo con Onda Etrusca. Ricordiamo tutte le nostre avventure, ridiamo dell'albero e di come il Comandante Serafini dietro quella sua aria severa, si sia in realtà prestato ad aiutarci a completare il restauro. Come vorrei che Fulvio fosse ancora qui, con la sua inseparabile tazzina di metallo smaltata di blu, quella stessa che fu il nostro tramite per far conoscenza. Intanto il vento rinforza e dopo aver focalizzato il punto sulla carta nautica, regolo le vele per la massima resa. Lefkada è li davanti a me ed io devo solo andare a prenderla.

All'alba sono ancora al timone, all'orizzonte nessuno, né davanti né dietro. Sospetto di essere fuori rotta. Il vento ha soffiato fresco tutta la notte ed anche adesso non accenna a calare. Normalmente in queste condizioni, avrei scelto un andatura di sicurezza con meno tela esposta, ma oggi no, oggi devo arrivare più in fretta possibile. Onda Etrusca sembra aver compreso lo scopo di questa corsa e per niente affannata, scivola decisa, con accenni di planata nello scendere dalla cresta dell'onda che, oramai, è divenuta di quasi 2 metri per via del fetch che ci separa dalla costa. Faccio nuovamente un punto nave, sono perfettamente in rotta, forse gli altri saranno già a grande distanza da me, magari già al bar a bere qualcosa e a festeggiare la vittoria. D'un tratto mi sento stupido per essermi imbarcato in questa competizione, ma oramai non fa differenza, devo raggiungere Lefkada prima che il vento rinforzi a burrasca.

Provo a bloccare il timone per andare a farmi una tazza di caffè, più per bere qualcosa di caldo che non per il sonno. Mentre mi accingo a versarlo nella tazza, un'onda ed una raffica di vento sdraiano Onda Etrusca quasi completamente. Vengo sbalzato sulla murata di dritta e con me tutto il resto. Fortunatamente la raffica dura   un attimo e la barca ritrova il suo assetto. Rinuncio alla bevanda calda, dovrei allascare la randa riducendo la velocità, ma ormai non mi sembra il caso. Afferro alcune merendine e torno al timone.

Il cielo è plumbeo, uniforme e all'orizzonte si intravedono lampi di luce, ho idea che Lefkada dovremo proprio quadagnarcela. Sono le 10 del mattino quando, mentre il vento ha ormai raggiunto i 35 nodi con raffiche di 40, inizia una pioggia con gocce pesanti come olive. Corro a indossare cerata, stivali e cappello, da ora in avanti non potrò più allontanarmi dal timone e non so per quanto. Gli altri equipaggi, almeno, potranno alternarsi alle intemperie, ma d'altra parte questa è la scelta del navigare in solitario. In condizioni estreme il sacrificio è inevitabile.

Due ore dopo sto letteralmente volando sull'onda, il vento è ruotato a nord ovest, proprio in fil di ruota, così procedo a oltre 8 nodi. Comincio a temere per l'attrezzatura di coperta della barca, forse sto spingendo troppo, ad un tratto mi sembra che Onda

Etrusca mi sorrida, come a rassicurarmi, ricordo di Bernard Moitessier e del suo patto con Joshua, " tu dammi vento ed io ti darò miglia". Un patto di lealtà e di fiducia. Fammi correre sempre al massimo ed io terrò duro ogni giorno della nostra convivenza. Fortunatamente con il vento di poppa il mare non frange più sulla prua e devo solo preoccuparmi della discesa dalla cresta dell'onda.

Infreddolito e indolenzito resisto e alle 13 circa il vento si stabilizza a 25 nodi. Riesco a scendere sotto coperta per recuperare qualcosa di asciutto da indossare. Faccio il punto nave, sinora ho percorso circa 100 miglia, ne mancano ancora circa 70. La radio riceve una conversazione tra "Allegoria" una delle barche in corsa e Circo mare Crotone (Capitaneria di Porto). Hanno disalberato e lanciano il mayday.

Durante la seconda guerra mondiale, i piloti inglesi ascoltavano le comunicazioni anche dell'aeronautica francese, i cui velivoli in difficoltà, ripetevano per radio la frase "m'aider!" applicandovi la trasposizione in lingua inglese in "mayday", che ripetuta tre volte in rapida sequenza, è tutt'oggi un segnale di emergenza e richiesta soccorso.

Dalle coordinate dichiarate stimo si trovino a non meno di 40 – 60 miglia da me, ma senza conoscere l'ora di partenza è un'informazione irrilevante, l'importante e che non siano in reale pericolo di vita. Torno al mio posto, intorno a me soltanto mare a perdita d'occhio. Alle 19 la stanchezza comincia a farsi sentire. Ancora messaggi radio hanno comunicato il ritiro di altre 2 imbarcazioni che hanno fatto rientro ripiegando su Crotone. Probabilmente il mare e il vento sono cresciuti alle mie spalle e chi si è trovato a partire nelle ore successive ha dovuto affrontare condizioni ancora più estreme. Le barche costruite pensando alla regata, sono spesso realizzate con fibre tecniche, utilizzano enormi quantità di carbonio e kevlar per contenere il peso complessivo, questo però, spesso, va a scapito della resistenza delle strutture che sotto le eccessive sollecitazioni possono cedere.

La mia barca, essendo una realizzazione degli anni 80, e di tipo classico, utilizza in maggioranza il legno che per elasticità continua ad essere un materiale dalla qualità irraggiungibile anche se di peso decisamente maggiore.

Sono le 20.30 quando sento alcuni gabbiani gridare, segno che la terra non deve essere lontana. Alle 20.45 , finalmente, comincio ad intravedere le luci della costa, per la verità, in questo pandemonio, mi sono anche dimenticato della competizione e, come sempre, l'importante è essere arrivati.

Quando il mare è così impegnativo riesce anche a distrarre la mente da qualunque altro pensiero, devi soltanto essere un tutt'uno con la barca, ascoltare ogni sua parola e accontentarla continuamente, pena la rottura di qualcosa. Ancora un punto nave e qualche grado di barra per portare la prua poco verso nord, adesso distinguo chiaramente il piccolo centro abitato di Aghios Nikita, le luci e il campanile prendono forma. Proprio davantl a me la grande boa luminosa segnala il punto d'arrivo. Quando supero la boa sono le 21.30, ho navigato per 22 ore su una distanza di 167 miglia con una media di oltre 7,5 nodi l'ora. Un gommone dell'organizzazione mi viene incontro segnalando il punto d'ingresso del piccolo porto e scortandomi al posto riservato ai regatanti. Una piccola folla è riunita sulla banchina. Lancio una cima di prua al personale di banchina, assicuro la trappa alla bitta di poppa e a malapena riesco a scendere la scaletta per raggiungere la cuccetta dove sprofondo in un sonno dolorante. Fuori sento rumori, trombe, persone che urlano e motori che si agitano sullo specchio d'acqua circostante. Poi più niente.

Alle 7 del mattino dopo, smaltita buona parte dei dolori e della stanchezza, mi affaccio in pozzetto per vedere dove mi trovo. Il mare è calato ancora. Intorno a me ci sono altre 3 barche conosciute alla partenza, nella concitazione dell'ormeggio di ieri sera non le avevo nemmeno notate. In giro nessuno. Sulla panca di dritta fa mostra di sé una bottiglia di spumante con un fiocco rosso lasciata ad aspettarmi. Raggiungo l'ufficio del Comitato di regata che è stato tutta la notte ad attendere l'arrivo di altre imbarcazioni, dove vengo accolto come si fa con un parente che torna dalla guerra. Grandi abbracci e manifestazioni affettive alle quali, peraltro, non sono troppo abituato. Così apprendo la notizia. Il mio tempo assoluto è stato il piu breve di tutte le altre barche. In realtà soltanto 6 di tutte quelle salpate da Cirò Marina hanno raggiunto Aghios Nikita. Il Comitato di regata avrebbe voluto sospendere la competizione a causa delle avverse condizioni meteo, ma ormai io ero partito e fino ad un mio eventuale ritiro, la regata avrebbe dovuto essere considerata valida. Dicono anche di aver temuto per la mia incolumità, più volte hanno cercato di mettersi in contatto con me, ma io, forse preso dal governare la barca e nel fragore delle onde, non ho sentito le chiamate via radio. Il Comitato si raccomanda che sia pronto per le 10 per la premiazione. Chiedo se sia possibile ricevere il premio evitando lo spettacolo pubblico, ma risentita, la signorina del Comitato dice: certo che NO!

Torno alla barca e ad aspettarmi c'è un uomo avvolto in un giaccone blu con un cappello liso che lo rende ancora più uomo di mare. Riconosco, intorno a lui, l'equipaggio di Viareggio che è giunto durante la notte. La loro barca è arrivata a Cirò Marina ed è salpata nuovamente per Lefkada soltanto 15 minuti dopo. I miei nuovi amici mi abbracciano, quando mi trovo faccia a faccia con l'uomo con il cappello blu restiamo entrambi senza parole.

Del Pistoia. Il Maresciallo Del Pistoia. Quello che costruiva negli scantinati dell' Agrippa di Pianosa la sua barca, quella stessa con cui ha corso la regata. Restiamo abbracciati in un momento di forte commozione. Un tempo, eravamo lui il sorvegliante ed io il detenuto e adesso invece, l'incontro di due uomini liberi. Il suo equipaggio resta a guardare senza comprendere completamente cosa stia accadendo.

Del Pistoia mi racconta che raggiunta l'età della pensione, una settimana prima di lasciare definitivamente Pianosa, aveva ottenuto dal Direttore, il permesso per sbancare il terreno attiguo alla cantina e smontare completamente una parete della stessa per permettere alla gru di estrarre la barca da quel locale. Gli stessi detenuti, lavorando senza sosta per 2 giorni e 2 notti avevano ricostruito la parete e l'avevano aiutato nell'installazione dell'albero e delle attrezzature. Così il giorno esatto del suo collocamento in pensione, aveva firmato i fogli, stretto la mano al Direttore e dopo un ultimo sguardo a quel perfido paradiso era salpato verso la sua nuova vita.

Alle 10 in punto sono sulla banchina con Del Pistoia e gli altri. Chiedo che loro siano vicini a me per la premiazione. Accettano di buon grado. La coppa, gli allori, ma sopratutto l'assegno che chiedo sia subito convertito in denaro contante. Con questa risorsa potrò navigare ancora per molti mesi senza preoccupazioni economiche. Devo persino accettare di posare per un giornale, ma lo faccio solo a condizione che Del Pistoia sia al mio fianco. Il pranzo a mie spese per tutti gli amici è un classico del post regata, mi spiegano.

Spenti i riflettori sul vincitore della regata, torno ad essere me stesso. In cerca della mia nuova dimensione di vita. Lefkada è un bel posto, proprio come immagineresti la Grecia, mare azzurro acceso, case bianche e celesti, gente ospitale. Quello che non immagineresti è invece il turismo di massa, i negozi ed i villaggi turistici. Per avere tutto questo, sarei potuto andare a Capri.

- cap.11 -

Tra le persone che incontro al porto c'è un armatore italiano che viene in Grecia ogni anno da oltre 10 anni. Si chiama Anacleto e con la sua Pireus percorre l'Adriatico in lungo e in largo sino all'Egeo ogni anno. Ad ascoltare i suoi racconti sembra che non esista luogo in questi due mari dove lui non sia stato almeno una volta. Dopo aver parlato di quello che mi aspettavo dalla Grecia, Anacleto mi racconta che c'è un posto dove ancora si riesce ad assaporare i ritmi di una volta, lontani dalla frenesia del turismo di massa.

Si tratta di un isola di cui lui stesso non ricorda il nome. Pare sia talmente piccola da sfuggire anche al censimento della maggior parte delle carte nautiche. Infatti, sulla mia, nemmeno compare. Anacleto recupera da un vecchio diario di bordo, le coordinate geografiche dell'isoletta e sulla base della sua sola descrizione parto alla sua ricerca.

Dopo un giorno e mezzo di navigazione sono approssimativamente dove dovrebbe trovarsi l'isola di Anacleto, ma all'orizzonte non vedo assolutamente niente. Dopo una manciata di minuti ecco comparire qualcosa in mezzo al mare. Devo navigare ancora 40 minuti circa prima di essere sotto costa a quello che sembra essere poco più che una collinetta affiorante dal mare. Si presenta come una stratificazione di roccia bianca, completamente priva di vegetazione, probabilmente anche a causa degli impetuosi venti della zona.

Mentre mi accingo a circumnavigare l'isola scorgo a ovest, una seconda isoletta che costituendo un riparo al vento dal lato ovest, crea un'ombra di rigogliosa vegetazione. L'isola più piccola si trova a circa 500 metri dalla principale. Ha una forma allungata a fagiolo e grazie alla sua forma ritorta costituisce un ridosso naturale perfetto contro ogni tipo di vento.

Appena imboccato il canale tra le due isole, l'acqua cambia colore e assume le sembianze di una piccola laguna. Nel punto di maggior riparo , un ansa ospita un vecchio molo in legno che sembra essere l'unico punto di ormeggio a terra possibile sull'isola. Al molo sono già attraccate due vecchie e malandate barche da pesca; a terra, 4 case in pietra bianca, molto vicine tra loro, proprio ai piedi della piccola zona verde presente sulla collina. Mi avvicino al molo con l'ansia di un esploratore che sta per mettere piede in una terra sconosciuta. Sbarco e resto a guardarmi intorno. Nessuno. Non si vede anima viva. Nell'aria un silenzio irreale. Né voci, né rumori, né altro. L'eco dei mie passi riempie il silenzio. Mi avvicino alle case. Sono semplici, porte e finestre aperte. Sembrano fuggiti tutti. Girando dietro le case scorgo un capanno da cui provengono voci e rumori. Mi avvicino con non poca esitazione. Quando arrivo sulla porta vedo tre persone, un uomo giovane, uno più anziano ed una donna. C'è anche un bambino che sta giocando. Mi affaccio alla porta salutando. Cade il silenzio, il giovane si pone tra me e la donna, mentre il bambino si nasconde completamente dietro di lei.

Cerco di mostrare il mio miglior sorriso.
- Buongiorno...
- Good morning....
- Calimera...

Terminato il mio vocabolario multilingue, resto in attesa di una reazione. Mi guardano ma nessuno proferisce parola. Il giovane fa un gesto come a dire, indietreggia, esci da qui.

Arretro e loro escono tutti dal capanno e si dileguano rapidamente. Resto li come un allocco. Impalato ed imbarazzato.

Il luogo è di una bellezza mozzafiato. Intatta, inesplorata. Il verde della vegetazione, il bianco della roccia ed il blu intenso del mare creano una serie di riflessi e riverberi di luce e colore che si riflettono completamente sulla collina minore davanti. Si ha la sensazione di trovarsi davanti ad un enorme caleidoscopio naturale.

Devo riuscire a comunicare con gli abitanti. Devo sapere da loro se posso fermarmi sull'isola per qualche tempo. Così mi ricordo che tutti gli esploratori della storia, portavano un dono agli indigeni. Era segno di rispetto, di riconoscimento della loro autorità oltre che segno di amicizia.

Torno a bordo mentre li vedo affaccendati dietro le loro cose, anche se i loro occhi mi seguono e mi scrutano. Posso sentirli addosso. Decido di portare in dono una lampada a petrolio e due bottiglie di combustibile. Torno a terra e con il mio dono resto in piedi con le spalle al molo, rivolto verso le loro case con in mano la lampada. Aspetterò che qualcuno si faccia avanti. Non passa molto tempo che il bambino si avvicina e mi guarda sorridendo. Ricambio il suo sorriso.

Lo guardo, vestito di niente, ha due occhi neri come un cielo senza stelle. Braccia e gambe magre e nervose, tipiche della vita semplice all'aria aperta.

Dopo avermi girato intorno e squadrato a dovere, il ragazzo va lungo il molo a studiare Onda Etrusca. Arrivato alla sua altezza, si volge verso di me con uno sguardo che chiede il consenso per salire a bordo. Sorrido e annuisco, lui si accende di un enorme sorriso e sale a curiosare.

Nessuno si avvicina e dopo mezz'ora comincio a non poterne più. Evidentemente, per quanto straniero, non rappresento un evento degno di attenzione. Mi aggiro ancora tra le strade di terra battuta. Quà e là animali da cortile passeggiano indisturbati. L'isola è priva di corrente elettrica e non so come riescano ad amministrarsi riguardo l'acqua da bere. Torno al capanno sul retro delle abitazioni e noto i due uomini di prima con un terzo che armeggiano a qualcosa, forse un motore. Questa volta mi notano, ma non rappresento più una novità. Resto a guardare il loro lavoro. Il capanno non è molto luminoso e mi pare l'occasione che cercavo per presentare il mio dono.

Accendo la lampada e mi avvicino per illuminare il punto di lavoro. Quello che forse dovrebbe essere il meccanico si volta e dice qualcosa. Chissà forse grazie oppure ci vedevo meglio prima … non lo saprò mai. Capisco dalle dinamiche che sono in difficoltà. Si tratta del motore di un dissalatore, probabilmente unica fonte di approvvigionamento per l'acqua da bere e per innaffiare. Dopo alcuni minuti il "meccanico" estrae dal blocco motore una parte di metallo,   divisa in 4 pezzi… tutti esclamano un "hoooo" , ma la soddisfazione scompare rapidamente dai volti non appena il meccanico, scuotendo la testa dice qualcosa di incomprensibile, ma che per gli altri pare essere una cattiva notizia .

Tutti escono lasciandomi con la lampada in mano ed il pezzo rotto a terra. Capisco che per la gente dell'isola il funzionamento del dissalatore è determinante per la permanenza sull'isola, ma è anche evidente che le loro attività lavorative producano unicamente quanto occorre per vivere, senza alcuna forma di commercio e quindi non abbiano le risorse economiche per riparare o sostituire il dissalatore guasto.

Torno all'ormeggio e dopo cena un'idea mi balza in mente. Vado al capanno, questa volta deserto, recupero il pezzo rotto e mi metto a studiare le possibilità di ricostruirlo rispettando al massimo le misure originali. A bordo ho molti attrezzi e improvvisando un piccolo forno per la tempra del metallo, non dovrebbe essere impossibile.

Per due giorni lavoro a questa idea. Qualcuno mi osserva da lontano, ma nessuno si avvicina a cercare di capire. Reperire un ricambio su quest'isola non deve essere cosa facile. Manca la corrente elettrica, non ci sono telefoni, ed è fuori portata per qualunque normale stazione radio vhf. In pratica, l'unica cosa che potrebbero fare sarebbe prendere una delle vecchie barche da pesca e spingersi nel continente in cerca prima del denaro necessario e poi del ricambio per il dissalatore.

Dopo molte ore di lavoro, alcune martellate su un dito e numerose ustioni, il "pezzo di ricambio", decisamente bruttino, è pronto. Così senza avvisare nessuno, anche per non indurre false speranze, torno nel capanno per collaudarlo. Effettivamente non saprò se sarà in grado di lavorare correttamente sino al momento in cui non proverò a far partire tutto il marchingegno.

Mentre lavoro per rimontare tutto il motore, il bambino si avvicina e con il suo immancabile sorriso, si siede accanto a me e osserva interessato quello che sto facendo. Alle 18 circa tutto è pronto, non manca che il collaudo.

Con un bel po' di ansia nel cuore, aziono l'alza valvole, controllo il rubinetto del carburante e avvolgo la cordicella sulla ruota. Uno strattone…. Niente, secondo, terzo tentativo….al quarto ecco che il motore si mette in moto e dopo una fumata iniziale si mette a regime. Un urlo mi fa sobbalzare, dietro di me s'è raccolta quasi tutta la popolazione locale che esulta e si abbraccia.

Sono nel più profondo imbarazzo, non credevo di avere spettatori. Forse sono riuscito a produrmi nel più bel dono che potessi fare a questa gente. Altro che lampada a petrolio**!**

La serata scorre tra i festeggiamenti, credo di essermi guadagnato la stima e la riconoscenza di questa piccola comunità. Gli abitanti dell'isola sono 23 in tutto, con me 24. E' incredibile come il linguaggio degli occhi e quello delle mani siano più eloquenti delle parole. Il cibo è squisito, semplice e saporito, il vino ha un sapore intenso e dolce e poi la suggestione dell'essere lontani dal mondo in questo angolo di paradiso è immensa. Dopo il quarto bicchiere di vino, il mio cuore si alleggerisce. Ho la sensazione di essere arrivato a casa.

Alle 23, tutti si alzano e cominciano a mettere a posto. Il senso di organizzazione di questa comunità e sbalorditivo. In meno di 15 minuti tutto viene rimesso in ordine. Ringrazio e torno a bordo per la notte.

Sono sull' isola ormai da 30 giorni. La vita scorre splendidamente. Qui i tempi sono dettati dal sole e dalla luna. Nessuno alza la voce e nessuno ha serrature alla porta. Credo di aver capito che gli abitanti del posto siano in realtà tutti parenti, come se un'intera famiglia avesse deciso di trasferirsi in blocco, ma più probabilmente dai primi saranno discesi gli altri.

L'economia del luogo è fondata sulla pesca, sulla agricoltura e sull'allevamento. Qui non occorre il denaro, paghi tutto quello di cui hai bisogno con il tuo lavoro e secondo le tue capacità. Deve essere un modello sociale primordiale, eppure è geniale.

Alla sera mi arrampico sulla vetta della collina. E' il punto più alto dell'isola ed investito dal calore del sole, ruoto su me stesso con un bisogno estremo di assicurarmi che il mio sguardo possa spaziare in ogni direzione senza incorrere in ostacoli. E' una sensazione che mi riempie l'anima. Ne ho bisogno e nonostante la fatica di arrampicarsi dopo una giornata di lavoro, è una cosa di cui non posso più fare a meno. L'isola è un posto magico, ti fa sentire al sicuro, protetto ed al contempo ti fa sentire piccolissimo. Quando, alla sera, il sole tramonta per lasciare spazio alle stelle che tempestano il cielo, provo una sensazione di infinitesimalità. Come una formica davanti ad una montagna, resto immobile. Immobile con il corpo, immobile con i pensieri ed è allora che riesco a cogliere l'essenza dell'essere vivi. Gioire di essere in grado di sentire l'aria che respiri ed il calore del sole o il fresco della brezza. Adesso sono vivo.

I giorni si susseguono e credo di aver perso il conto di quanto tempo sia passato da quando sono arrivato, forse un anno.

Ho trovato uno spazio roccioso a forma di conca, probabilmente misura circa 10 metri per lato. Con un numero infinito di viaggi ho creato uno strato sabbioso. Visitando l'isola minore ho ricavato alcuni chili di terriccio qua e là, li ho trasportati nel mio nuovo "orto", poi ho raccolto via via rami foglie e altro materiale biologico, spargendolo con attenzione su tutto il manto terroso. Ho bagnato tutto con acqua dolce in abbondanza ed ho ricoperto tutto con la randa di rispetto che tenevo ripiegata in un gavone. Il sole ha scaldato la superficie e giorno dopo giorno il materiale biologico si e decomposto creando uno strato di humus fertile e rossiccio. Che emozione seminare le prime piantine e vederle spuntare e crescere giorno dopo giorno, là dove prima c'era solo roccia.

Adesso, come tutti gli altri, sono sufficiente a me stesso. Qualche sistema di pesca indipendente, come nasse e palamiti ed il mio orto e sono in grado di provvedere completamente ai miei bisogni e anche alla parte comune da versare per la comunità, attraverso la quale sopravvivono coloro i quali non sono più in grado di lavorare. Anziani, malati ecc.

Una volta ogni 4 mesi un motopeschereccio arriva sulla isola. Porta con se tutto quello che può portare: utensili, stoffe, pentole, carta, tabacco. All'inizio vivevo con ansia questo suo passaggio, temevo potesse inquinare la purezza del luogo. Poi con gli anni ho capito, il pescatore portava con se tutto quello che riusciva a raccogliere e non voleva niente in cambio anche perchè niente possedevano gli isolani.

Soltanto il piacere di partecipare a quell' angolo di paradiso con il proprio contributo.

Anek, cosi lo chiamavano, era un tipo alto e magro. Le sue gambe erano almeno una volta e mezzo la lunghezza del busto. Una pelle rossastra, incisa dal sole, aveva una famiglia, ma sognava la libertà sui mari e la vita semplice e completa dell'isola, ma non lo aveva mai confessato ai suoi.

Prima di partire, diceva a tutti che si spingeva al largo su delle secche che solo lui conosceva per pescare in tranquillità. Anek raccontava che a volte girava descrivendo ampi cerchi intorno a se stesso con la barca, anche per mezza giornata, prima di fare rotta sull' isola, per essere sicuro di non essere seguito.

Dopo averci parlato capii che non rappresentava un pericolo per la gente del posto.

Un giorno, mentre sono intento a coltivare il mio orto, un fischio dall' alto dell' isola minore, richiama la mia attenzione, è Solnakis che concitato fa segnali con le braccia indicando una direzione precisa. Come una vedetta in vista dei pirati, dà l'allarme ed io rapidamente guadagno un punto di osservazione adeguato per scorgere, finalmente, un razzo segnalatore a non meno di 4 miglia da noi.

Il mare è calmo ed il sole alto, ma un segnale in mare non può mai essere lanciato per divertimento, così mi precipito su Onda Etrusca e accendo la radio. La voce e' quella di Anek, ma non sono in grado di capire cosa stia dicendo, percepisco soltanto il tono della voce sostenuto di chi si ritiene in pericolo. Non c'e' altro da fare. Mollo gli ormeggi e sotto vela, spinto da una brezza di 6 nodi almeno, punto nella direzione del segnale.

Pur sapendo di rimanere sull' isola, tutti i mesi, mi immergo nella laguna per pulire la carena, un po' per rispetto ad Onda Etrusca e un po' perchè in caso di necessità rimane l'unico mezzo capace di raggiungere la terra ferma in poche ore.

Una carena completamente incrostata perde la sua idrodinamicità e con essa anche il 50% della sua velocità in navigazione.

Dopo quasi un ora sono in vista del peschereccio di Anek, è basso sull'acqua come se fosse oltremodo carico di materiale. Per lui non e' insolito, ricordo ancora quando sbarcò sull' isola un ciclomotore vecchio e malconcio, per poi rendersi conto che lì non c'erano né strade né distributori di carburante.

Quando lo raggiungo, la sua barca è, per la verità, più sommersa che emersa. Non c'è il tempo per fare troppe domande. Assicuriamo due grossi canapi a poppa ed a prua del peschereccio e dall'altro capo ad Onda Etrusca che, inclinata dal lato dell'inaspettato ospite, cerca di riprendere il mare in direzione dell' isola. La situazione è critica. Il peschereccio, al mascone di sinistra, proprio sul limite della linea di galleggiamento ha una falla, non enorme, ma tale da mettere in difficoltà la pompa di sentina.

Improvvisiamo un sistema di tubi affinché anche la pompa di sentina di Onda Etrusca contribuisca all'esaurimento dell' acqua dallo scafo del peschereccio, questo potrà, forse, darci un po' di tempo in più. L'unica speranza per non perdere la barca è quella di raggiungere la terra ferma e farla spiaggiare prima che sia troppo tardi.

Gli occhi di Anek hanno lunghe e silenziose parole. Osserva la sua vita affondare e non può far niente per evitarlo.

Travasiamo due taniche di gasolio del peschereccio sulla mia barca, che non vede un pieno ormai da oltre 5 anni. Con il motore al massimo occorrerà non meno di un ora per raggiungere l'isola in queste condizioni.

Il peschereccio continua lentamente a scendere. Le cime che lo legano ad Onda Etrusca sono sempre più inclinate verso l'alto, la nostra velocità si riduce di minuto in minuto è come cercare di trainare un pezzo di mare.

All'improvviso mi ricordo di un racconto di Fulvio, di quando andò a scogli con la sua barca a motore.

Ogni motore marino, utilizza una grande quantità d'acqua per raffreddarsi e dopo averla fatta circolare la rigetta in mare. Così, mentre Anek osserva senza capire, afferro un cacciavite, e sceso nel vano motore, stacco il tubo

d' ingresso dell'acqua, dopo aver chiuso la presa a mare, lo innesto in un vecchio e lungo tubo di gomma e lancio l'altra estremità sotto coperta nel peschereccio. Adesso il motore di Onda Etrusca funziona come una grande pompa di sentina, preleva acqua da dentro lo scafo del peschereccio, la usa per raffreddarsi per poi restituirla al mare. Più acqua riusciamo a smaltire e più siamo in grado di compensare quella che sta entrando dalla falla. Caliamo una vela sotto lo scafo che tesa tra le murate di dritta e sinistra, tampona la falla aiutata dalla pressione dell'acqua stessa che spinge per entrare dall'apertura nello scafo. Così, raggiungiamo la nostra isola, spiaggiando a pochi metri dalle case bianche e azzurre e per Anek è stato come nascere una seconda volta. La sua amata barca adesso è, malconcia, ma salva.

Lavoriamo senza sosta alla ricostruzione del suo scafo, improvvisando con legname e colle animali, quella resina epossidica di cui non disponiamo. Ancora una volta il tempo ci è tiranno. Sappiamo bene che se Anek non rientrerà entro due giorni a casa, qualcuno lancerà l'allarme e verrà sicuramente a cercarlo.

E' stato come un tuffo nella memoria. Lavorare a 4 braccia al ripristino di un'imbarcazione mi fa rivivere

l'emozioni del restauro di Onda Etrusca e della convivenza con Fulvio. Diversamente da allora, però, dietro di noi, c'è un'intera comunità che collabora portandoci tutto quello che chiediamo, preparandoci squisiti pasti e dandoci la sveglia al mattino per ricominciare.

Anek ripartirà al mattino del terzo giorno, sfruttando l'alta marea, tutte le braccia disponibili e l'elica di Onda Etrusca per disincagliarsi dal banco di sabbia che l'ha salvato.

E' ottobre quando dopo alcuni giorni di immobilità Melkonakis, anziano 96 enne, nonno un po' di tutti i giovani dell'isola e anche grande e rispettato saggio, viene a mancare. Il dolore è composto, silenzioso, persino i ragazzi hanno un modo di giocare sommesso, come in una forma di inconsapevole rispetto.

La cerimonia del saluto viene officiata da Tnikos, credo figlio dello stesso Melkonakis, che si appresta a sostituirne la memoria storica. Non è una cerimonia religiosa, ma semplicemente un momento di saluto in cui tutti testimoniano il loro affetto ed il rispetto provato per la persona che se ne và. Questa comunità non ha una formazione di tipo religioso. Non ci sono chiese, non crocifissi o altri simboli religiosi, ma la correttezza ed il senso di giustizia che accompagna le loro giornate è di gran lunga superiore a qualunque modello religioso che io abbia mai avuto occasione di conoscere.

Su questa isola, non ci sono anagrafi né documenti, né autorità o carabinieri. Tutto è affidato al buon senso del "padre di famiglia". Così anche nel succedersi nel ruolo di "anziano" saggio, non vi è alcuna competizione e tutti spingono di buon grado Tnikos a prendere il posto del padre.

La sepoltura, (non mi ero ancora chiesto dove fosse il cimitero), avviene sull'isola minore. Sulla sua sommità, in una sorta di terrazza naturale che guarda al sorgere del sole, vengono tumulate le persone che hanno vissuto sull'isola così che per sempre possano godere dello spettacolo che li ha accompagnati in vita.

Una volta l'anno, tutti si recano in quel luogo, come accade da noi per il giorno dei morti, ma qui si tratta di un giorno festoso e non mesto. E' un giorno in cui si cerca di ricordare tutto il bene che i defunti hanno fatto, in vita, alla comunità. Gli anziani parlano ai ragazzi e raccontano chi erano e il grande vuoto lasciato da chi non c'è più. Da questa comunità tutto il mondo avrebbe molto da imparare ed io ho trovato, per me, un equilibrio insperato.

Solnakis, il ragazzo che nei primi giorni del mio arrivo mi aveva avvicinato, adesso è diventato un adolescente e siamo molto legati. Andiamo a pesca insieme e pur avendo imparato soltanto poche parole della sua lingua e lui della mia, gli ho insegnato ad andare a vela.

Nei suoi occhi neri che guardano lontano rivedo tutta la mia emozione la prima volta che su Onda Etrusca ho potuto issare le vele.

Con il timone tra le mani, Solnakis, si trasforma. Il suo sguardo diventa quello di un uomo di mare e come se dimettesse la spensieratezza del fanciullo per lasciare spazio ad una nuova categoria di emozioni.

Il vento gli accarezza i lunghi capelli e il sole gli illumina il volto di vita. Conosco quella sensazione. La splendida ed unica sensazione di essere al cospetto di qualcosa di enorme, ti fa sentire forte ed al contempo piccolissimo davanti a qualcosa del quale non sei nemmeno in grado di comprendere la reale dimensione.

Un'enormità che evoca un senso di religiosità per chi possiede una fede o almeno una formazione religiosa. Chi invece, come Solnakis, non ha riferimenti in tal senso, ne resta affascinato senza riuscire ad accostarvi niente di già conosciuto prima, con nel cuore un grande smarrimento.

Non parliamo mai, ma l'intesa è tale da poter annunciarci reciprocamente ogni gesto o semplice intenzione.

Sono certo sarebbe capace di navigare instancabilmente per giorni e giorni. Il suo sguardo corre lungo la linea dell'orizzonte come a cercare qualcosa che non c'è.

A volte mi chiedo se gli sia mai venuto il desiderio di lasciare il suo angolo di paradiso, vinto dalla curiosità di conoscere il resto del mondo. Posso solo immaginare quanto sarebbe stupito ed affascinato dalle cose che potrebbe conoscere, scoprire, vedere e sentire e quanto, in breve tempo, ne sarebbe tanto nauseato da voler tornare indietro per dimenticare tutto.

Questo è stato il mio percorso, quello che mi ha condotto a rimanere qui. Per tanto tempo ho sprecato le mie energie alla ricerca del mio io. L'ambiente in cui viviamo fa parte di noi stessi ed io ho continuato a non riconoscermi in quello che vedevo e in quello che facevo.

Allo specchio, soltanto un'immagine riflessa. Un'immagine, ma non la mia. Sono passato attraverso il dolore, la sofferenza e la speranza per arrivare fino qua. Non ho ascoltato le voci di chi mi chiamava e non ho voluto sentire nemmeno il richiamo della nostalgia. Cambiare per me era un imperativo, era l'unica maniera per sopravvivermi.

Su quest'isola ho ritrovato mio padre, con il suo sguardo severo e a volte enigmatico. Le sue parole mi sono state riportate dal vento ed hanno assunto un significato diverso da quello che gli attribuivo da ragazzo. Oggi so che quello che sono lo devo a lui e anche se lui non è mai andato per mare, so che sarebbe affascinato da questa immensità.

Adesso che sono qui, in un posto che quasi non esiste, chiedo al mondo, prodigo di buoni consigli, soltanto di lasciarmi in pace. Soltanto di poter vivere i miei giorni sospeso tra il cielo ed il mare. Certo, con i miei fantasmi, ma libero.

Quando al mattino mi sveglio ed esco sul ponte di Onda Etrusca, guardo la mia immagine riflessa sull'acqua e finalmente so chi sono.

Adesso, quello sono veramente io.

Adesso, non ho più paura.

Adesso sono come un gabbiano, libero di volare e proprio per questo capace di restare. Tanto libero da poter decidere.

Talmente libero da poter restare fermo ad ascoltare il frangere dell'onda, sognando ad occhi aperti questa realtà..... la mia.

Un giorno, anch'io andrò sull'isola minore a guardare per sempre l'orizzonte, sì, ci andrò, morto certo, ma con il cuore gonfio di vita.

Vorrei poter lasciare un messaggio a chi verrà dopo di me.

Vorrei dire a tutti di prendere esempio da questa famiglia, da questa comunità, perchè loro hanno compreso la verità. Loro hanno compreso il valore del rispetto, della propria esistenza e noi piccoli cittadini civilizzati, ammassati nel traffico, pronti ad ucciderci per un parcheggio ed a litigare per il taxi non potremo mai sapere quanto abbiamo insultato e tradito la nostra natura.

L'essenza dell'essere umano è semplice, rudimentale, molto più animale di quanto non vogliamo ammettere. Tutto il resto è solo sovrastruttura. Quella stessa che ci offusca il cuore e la mente.

Quella che non ci fa sentire il richiamo di noi stessi...il richiamo del mare. Il mio augurio è che le genti a venire, sappiano riscoprire questa innata capacità di vivere con sentimento.

Quando il vento si placa ed il mare cala, l'isola viene avvolta da un'aria irreale. Tutto sembra immobilità e il silenzio è rotto unicamente dallo stridere di un gabbiano che echeggia tra le alte pareti di roccia dell'isola e dell'isolotto subito davanti.

In questo mare di tranquillità provo ad immaginare cosa sarebbe la mia vita senza questo luogo. Cosa sarebbe stata senza ognuna delle persone che ho incontrato sul mio cammino e che in un modo o nell'altro hanno influenzato le mie scelte ed i capitoli successivi della mia esistenza.

Nei giorni in cui tutto è silenzio, dalla vetta più alta dell'isola minore, osservo il mondo cercando di comprenderne l'evoluzione, ma senza mai riuscire a trovare la chiave che ci ha condotti alla civiltà della sopraffazione e della frenesia. In quei giorni ogni più piccolo rumore o voce degli abitanti giungono come da un televisore al mio orecchio. Come se non appartenessero alla realtà.

Un giorno di questi, il mio orecchio è richiamato da un rumore portato dal vento. Si tratta di un motore in lontananza. Ne posso percepire la ciclicità, ma non l'esatta provenienza. Rimango ad aspettare che il suono si definisca con lo sguardo all'orizzonte. Soltanto dopo quasi un'ora, ecco materializzarsi all'orizzonte una piccola macchia bianca. E' la barca di Anek. Fedele Anek. In tanti anni non ha mai smesso di venire sull'isola né ha mai tradito il nostro ed il suo segreto.

Continuo a seguirlo con lo sguardo fino a quando i contorni si definiscono e l'immagine dell'anziano pescatore assume i suoi naturali contorni. Scendo rapidamente al livello del mare per accoglierlo. Il suo arrivo è sempre una festa per la comunità, ma questa volta qualcosa non quadra. Sul suo volto non c'è l'immancabile sorriso, quello che lo ha annunciato in tutti questi anni.

Dopo gli immancabili convenevoli e la consegna dei doni e dei materiali che conduce con sè, troviamo lo spazio di allontanarci per fare due chiacchiere. Ci sediamo dove lo sguardo possa spaziare all'infinito e scaldati da un sole prossimo al tramonto, Anek, confessa il suo mistero.

La Capitaneria di Porto di Lefkada ha esposto un avviso in tutti i porti dell'isola comunicando l'istituzione di un nuovo parco marino nel quale sarà interdetta ogni tipo di attività di pesca e navigazione.

Tutto questo sarebbe un bene se non fosse per il fatto che il centro dell'area parco è rappresentato proprio dalla nostra isola, le cui coordinate vengono rese pubbliche proprio in questo avviso.

Questo significa che a breve, lo Stato vorrà interessarsi di questo angolo di paradiso con l'intento di "preservarlo" dall'uomo e dalle sue attività, rappresentando per gli abitanti del posto, chissà quale soluzione.

Al contempo la nostra isola sarà "mappata" all'interno di tutti gli itinerari naturalistici marini ed in breve sarà obbiettivo di migliaia di persone.

La sera stessa, nella consueta cena comune che segna tutti i viaggi di Anek, la notizia sarà resa pubblica e desterà molta preoccupazione. Per tutta la settimana a seguire, anche dopo la partenza di Anek, si continuerà a parlare di questa nuova situazione senza essere in grado di mettere a punto una strategia comune da seguire.

Negli occhi degli anziani leggo lo smarrimento, il dolore a volte la disperazione. Posso capire benissimo. Io sono qui da alcuni anni ed anche per me questo pezzo di terra emersa rappresenta tutta la mia vita. Pensare di ripartire verso quale "dove" mi distrugge.

Gli eventi precipitano quando in una grigia giornata, in cui il sole con la sua assenza, sembra aver voluto presagire al peggio, ecco sbarcare quattro uomini della Guardia Costiera nelle loro bianche uniformi. La gente si raduna sulla piazza antistante il molo.

Nessuno proferisce parola. I bambini sono stretti alle loro madri. Mi torna in mente il giorno del mio arrivo.

Il militare più anziano, a voce alta chiede di poter incontrare il Capo. E' così accecato dal bagliore della sua uniforme da non poter nemmeno concepire una comunità nella quale non esista un Sindaco, uno Sceriffo oppure un Padrone. Tutti restano in silenzio. Dopo aver esitato un po', aspettando una qualche reazione, il militare annuncia pubblicamente e a gran voce che l'area è stata dichiarata parco marino naturale e pertanto tutti gli abitanti dell'isola dovranno abbandonarla entro sessanta giorni e che il competente Ministero, provvederà per la sistemazione abitativa di tutte le famiglie sfollate. Ancora una volta il silenzio scende tra di noi.

I militari, essendo probabilmente preparati a reazioni eclatanti, restano storditi dall'immobilità di questa comunità, che, se pur trafitta da tale annuncio, non lascia trasparire la benché minima emozione rimanendo in un contegnoso silenzio.

Il militare anziano si rivolge ai suoi uomini e, dopo aver affisso tre cartelli che annunciano la presenza del parco e dell'area protetta, tutti salgono a bordo della loro barca e partono a tutto motore. La comunità rimane ancora in piedi, ferma, in silenzio.

Soltanto quando i militari scompaiono con il loro rumoroso motore il gruppo si disperde, sempre nel più totale silenzio.

Quei cartelli mi hanno strappato l'anima ed ogni colpo di martello con cui sono stati fissati, è come se fosse stato dato direttamente sul mio petto.

Mi sento perduto.

Con poche parole sono stato catapultato indietro di sette anni. Dovrò tornare a vagare in mare, alla ricerca della mia nuova casa.

Non posso nemmeno immaginare cosa stiano provando le famiglie della comunità, molti di loro sono nati qui e non si sono mai allontanati dall'isola. Adesso tutto sta cambiando. Le loro vite, non potranno ma più essere la stesse.

Il mattino seguente alla visita dei militari, credo che molti di noi, abbiano sperato di svegliarsi e scoprire che si era trattato soltanto di un brutto sogno. Invece non era così. In un sol colpo erano stati spazzati via l'entusiasmo, la voglia di lavorare la terra, la voglia di darsi daffare.

Comincio a guardare la mia barca come la sola via di uscita. Se potessi imbarcherei l'intera comunità per portarli con me, ma non è possibile. Per l'ennesima volta stò per abbandonare tutto e ricominciare daccapo.

Non intendo attendere il giorno in cui i militari torneranno per sfollare tutti gli abitanti dell'isola e forse abbattere le loro case. La decisione è presa. Domani saluterò tutti e partirò. Resta solo da decidere la direzione.

- cap.12 -

Eccomi nuovamente in mare. Io la mia barca, soltanto noi. Non potrò mai dimenticare l'isola e i suoi abitanti, ma sapere di essere di nuovo in navigazione verso "l'ignoto" mi solleva. Lo stesso senso di libertà di quando lasciai la Corsica. Lo stesso silenzioso desiderio d'avventura.

Faccio rotta su Lefkada, ultimo mio porto tanti anni fa. Da lì tutto è cominciato e da lì ricomincerò.

Al porto, mentre faccio carburante scorgo Anek con la sua "bagnarola" a motore.

La sua barca avrebbe bisogno di urgenti lavori di manutenzione. Quando l'ho conosciuto la barca era bianca con piccoli punti color ruggine. Oggi la barca e color ruggine con piccoli punti ancora bianchi.

Ci leghiamo in un forte ed affettuoso abbraccio, le sue ruvide e forti braccia, così lunghe, quasi mi avvolgono completamente. Anche ad Anek, come a me, hanno tolto il sogno di una vita.

Io almeno sono riuscito in parte a realizzarlo ed a vivere sull'isola. Lui invece, nell'aspettare l'età della pensione, ha perduto definitivamente la sua occasione per farlo.

- Ti devo parlare (mi dice)
- Menomale che sei passato da qui.

Torniamo insieme a bordo di Onda Etrusca, navighiamo brevemente fino alla vicina rada dove ancoriamo e restiamo a parlare.

Anek mi racconta che due giorni prima, qualcuno ha chiesto di me al porto. Era un giovane sui 25 anni, forse un giornalista italiano, aveva una mia foto, presa da un ritaglio di giornale circa la regata Cirò Marina - Aghios Nikita.

Anek, pur riconoscendomi in foto, non ha detto niente, ha preferito prima parlare con me. Ricorda solo che il giovane era giunto a Lefkada con un passaggio ottenuto a bordo della barca "Walilla Blu Bay" che si trova ancora ormeggiata in porto.

L'idea di qualcuno che mi stia cercando mi inquieta. Non ho più alcun legame e pensare che qualcuno mi stia "dando la caccia" non mi tranquillizza affatto.

Lo sapevo che non appena tornato al mondo cosiddetto "civile" sarei tornato a vivere le ansie di un tempo. Anek mi saluta e sbarcato alla prima banchina, sparisce tra la folla di turisti e pescatori.

Sono combattuto tra la curiosità di conoscere chi mi stia cercando ed il desiderio di fuggire nel mio anonimato. Intanto guardo il gran movimento di persone, i negozi, i turisti, le barche. Capisco che tutto questo non soltanto non mi è mancato, ma addirittura mi infastidisce. Continuo a ripensare ai lunghi silenzi della mia isola ed alla vista mozzafiato della quale si poteva godere.

Chissà cosa staranno facendo gli amici della comunità e Solnakis ? Salutandoli ho sentito come se una parte di me si strappasse. Forse è stato proprio così. Un po' di me è rimasto con tutti loro e un po' di loro sicuramente si trova dentro di me.

Trascorrerò la notte interrogandomi sul da farsi e al mattino avrò maturato una decisione. Devo sapere chi è, e che cosa vuole quell' uomo da me.

Ancora una volta Anek avrà un ruolo determinante. Si recherà su Walilla Blu Bay, dove gli racconteranno che l'uomo li ha incontrati a Bari, chiedendo loro un passaggio sino a Lefkada. Per tutta la traversata non aveva detto granché, se non che stava cercando un velista per scrivere un articolo su di lui. Dal Walilla Blu Bay indicano un piccolo albergo in paese dove l'uomo avrebbe trovato sistemazione.

Di buon mattino, raggiungo l'albergo. Alla reception chiedo di un giovane italiano, solo, che fa il giornalista. Non ci mettono molto a capire di chi stia parlando e così lo chiamano telefonicamente.

- Scende subito

Mi dice il portiere. Ho il cuore in gola è più passano i minuti e meno sono convinto di aver fatto la cosa giusta. Eccolo che arriva. E' poco più di un ragazzo, capelli scuri e occhi verdi, un'aria tra il furbetto ed il rilassato. Mi fissa negli occhi e mi stringe la mano. Lo guardo con sospetto.

- Buongiorno, mi chiamo Andrea, sono un giornalista indipendente, vengo dall'Italia e volevo scrivere un articolo sul navigatore misterioso che ha vinto la regata Cirò Aghios e poi è sparito nel nulla senza lasciare traccia. E' un vero piacere incontrarla. Credevo che ormai non l'avrei più trovata.

Nei suoi occhi si riflette una strana luce. Spero sia soltanto l'emozione generata dal risultato della lunga ricerca. Continua a parlare fissandomi negli occhi.

Questo è un buon segno, di solito chi non dice la verità non riesce a mantenere lo sguardo fisso per molto tempo, ma sta parlando troppo, come se volesse convincermi di quello che sta dicendo.

Magari sono diventato paranoico. Forse è solo l'emozione di avermi finalmente trovato che lo porta a straparlare. Ci sediamo al bar dell'albergo. Una terrazza di colore bianco e azzurro dalla quale si gode una splendida vista sul golfo. Sotto un sole tiepido, restiamo a parlare a lungo, con il brusio di sottofondo che sale dal porto e dai vicoli colmi di turisti in cerca di catturare il ricordo di questo luogo.

Andrea parla molto di sé. Racconta di essere amante del mare. Fin da ragazzino ha frequentato circoli velici e scuole di deriva. A 18 anni si è imbarcato come mozzo su una nave a vela di un ricco armatore turco. Ha girato il mondo per quasi due anni tenendo un diario di bordo, personale, e scattando numerose fotografie.

Rientrato in terra ferma un editore si era proposto di pubblicare il suo scritto, proiettandolo nel mondo dell'editoria e del giornalismo. Da allora ha pubblicato numerosi articoli sul mondo della nautica, ma soprattutto sui grandi navigatori del nostro tempo. Ricci, Pelaschier, Vascotto, Soldini. Non conosco uno solo dei nomi che cita, e questo è la prova di quanto io non appartenga al mondo né delle regate né dei navigatori.

Il mio vagare per i mari è legato ad un esigenza di sopravvivenza. Alla ricerca affannosa di una propria dimensione.

Mentre ascolto le parole di Andrea, comincio a rilassarmi. Sento in lui buone intenzioni e ottimi propositi. E' una persona onesta, il colore dei suoi occhi è probabilmente influenzato direttamente dalla limpidezza del suo carattere e della sua anima. Non si nasconde dietro niente e racconta delle sue paure e delle sue delusioni con estrema semplicità.

Mai un tentativo di dipingersi migliore, più forte, o saggio di come in realtà lui si percepisca. E' una buona persona e sento di potermi fidare.

Dopo quasi un'ora del suo raccontarsi, lo invito a bordo di Onda Etrusca. Accetta volentieri. Mi aiuterà nelle operazioni di cambusa e rifornimento.

Riuscirà a stupirmi per la sua capacità di non portare mai la conversazione verso la mia storia e verso l'episodio della regata. Il suo mostrarsi e aprirsi con tanta semplicità, prima che chiedere agli altri di farlo, è realmente sorprendente.

Sembra quasi essersi dimenticato il motivo della sua visita ed io lascio che il tempo scorra, un po' per conoscerlo meglio e un po' perché non ho nessuna voglia di diventare una cruda sorgente di notizie.

Mi domanda quali siano i miei programmi, rispondo che in realtà non ho programmi, so soltanto che riprenderò il mare prima possibile per allontanarmi dal frastuono della civiltà. Andrea dimostra tutta la sua esperienza di bordo già dai movimenti e dalla conoscenza delle terminologie tecniche. Ricorda vagamente Carlo, il velista conosciuto nel corso del trasferimento di PanPos.

Nonostante la sua giovane età si muove con assoluta disinvoltura e dopo ogni operazione è già pronto per quella successiva. Ad un certo punto si blocca e mi guarda.

- Potrei... beh, no certo...

riprende

- Potrei venire con te per un periodo, così potremmo parlare e conoscerci meglio. Quale posto migliore per conoscere un velista se non in mare ?

Non sono avvezzo a navigare in compagnia, ma in fondo per un breve periodo potremmo provarci.

- Va bene, (rispondo), ma per un breve periodo.

Il suo sguardo si accende di felicità.

- Grazie, non te ne pentirai.

Appena terminate le operazioni molliamo gli ormeggi è spinti da un grecale sostenuto, prendiamo distanza dalla costa. L'allontanarmi dal porto con i suoi rumori e le sue voci mi risulta subito gradevole.

Una sensazione di malessere. Come una scarpa che fa male, ma della quale ti accorgi soltanto alla sera, quando la togli, così non realizzo immediatamente l'origine del mio malessere, quanto invece la riconosco perfettamente nel momento in cui questa viene a mancare.

Come nella maggioranza delle volte mi ritrovo in mare senza una meta precisa. Ancora alla ricerca del mio essere, alla ricerca della mia nuova casa.

Durante le mie navigazioni ero solito parlare con la mia barca. A volte lei sembrava rispondermi. Adesso che non sono solo a bordo, tanto per non passare da matto, mi limito a conversazioni "telepatiche". Lei, la mia barca tanto, può sentirmi ugualmente ed ugualmente risponde.

Andrea si mostra un compagno discreto. Parliamo, ma lascia che la conversazione si svolga da se, senza mai forzare la mano, senza mai farmi sentire il fastidio di una domanda indelicata o insistente. Gli racconto di alcune delle mie navigazioni. La grande scuola di Fulvio e di Malaspina, poi le Gran Revé, la Sicilia e di come mi sia ritrovato in mezzo ad una regata, senza averlo previsto.

Adesso che parliamo proprio dell'episodio per il quale dice di aver cominciato a cercarmi, ho come la sensazione che la sua attenzione non sia più focalizzata sull'"evento sportivo". Io dalla mia, sono più propenso a parlare proprio di quello, qualcosa che in fondo, sento appartenermi molto poco.

Col passare dei giorni la convivenza di bordo trova il suo assetto. Andrea cucina egregiamente ed i turni di veglia e riposo, nelle navigazioni senza scalo, sembrano adattarsi perfettamente ai ritmi biologici reciproci. Mai una sveglia da caricare e mai il bisogno di svegliare il compagno per avere il cambio. Il navigare in due risulta più facile di quanto non credessi.

Andrea è una persona gentile. Nutre un'evidente ammirazione nei miei confronti, ma non fastidiosa. Parla scegliendo le parole, ma sa anche lasciar parlare il mare.

Racconta della sua esperienza con il mare. Prima le estati in spiaggia, poi la prima esperienza su un Sun Fish, piccola deriva degli anni '70 con armo a vela latina. A 12 anni poi, l'esperienza definitiva, quella che ha cambiato la sua vita.

Grazie ad un concorso bandito dalla Marina Militare, ha avuto il privilegio di frequentare l'Accademia Navale di Livorno, dove, seguito da esperti velici ed Ufficiali di lungo corso, ha frequentato un corso sulla navigazione velica, quella astronomica e sulla meteorologia.

Qui, il grande salto. Dopo quell' esperienza il mare è entrato nella sua anima e da allora non l'ha più abbandonata. A diciotto anni l'imbarco su una nave a vela e l'inizio del suo grande viaggio. Sua madre, venne a mancare relativamente giovane, durante la sua assenza e lui lo venne a sapere soltanto al suo ritorno.

Sopraffatto dalle emozioni cominciò a tenere un diario di bordo in cui annotava sensazioni, luoghi, esperienze, profumi e colori. Quello stesso diario che tornato in Italia era poi stato pubblicato con un discreto successo.

Ne portava una copia con sé, che non riuscii a smettere di leggere se non prima di aver raggiunto l'ultimo punto dell'ultima pagina. Si trattava di una rappresentazione di mondi diversi, colori e atmosfere raccontate con parole semplici, ma in grado di arrivare direttamente al cuore.

Dopo aver letto il diario di Andrea, fu come se mi avesse aperto la sua mente. Riuscivo a comprendere ogni suo pensiero ed ogni sua emozione che davanti al susseguirsi di albe e tramonti di quei giorni, suscitavano in me le sue stesse sensazioni.

- cap.13 -

Facendo una sorta di slalom tra le isole greche scendemmo in direzione della Turchia con il solo intento di navigare. Approdammo a Karpatos dove il bianco delle case faceva contrasto con il blu del mare e l'azzurro dei tetti. Un'acqua cristallina bagnava una spiaggia di ciottoli bianchi. Ci sembrò talmente un bel posto che decidemmo di farci tappa.

Proprio tra quei ciottoli sotto un grande albero, sostavano tutti i giorni un uomo ed una donna. Lui alto con un'aria vagamente inglese. Lei minuta e di bassa statura, con degli occhi dello stesso colore del mare che aveva di fronte. Ogni mattina partivo dal piccolo porto e lungo costa, camminando sugli scogli, raggiungevo la spiaggia che percorrevo per alcuni minuti.

Al terzo giorno, risultò normale salutarsi. Il sorriso di Laura, questo era il nome della donna, incontrò i miei occhi durante la solita camminata. Accennai un saluto nel mio greco "maccheronico" e lei rispose in italiano.

L'occasione fu quella giusta per fermarsi a parlare. Luigi e Laura avevano cominciato a frequentare le isole greche per le vacanze estive e poco a poco maturarono la decisione di cambiare vita.

Durante un'estate si sposarono proprio sull'isola dei loro sogni e giurarono che un giorno vi si sarebbero trasferiti.

In Italia si occupavano di rappresentanze di oggetti in argento e articoli da regalo. Abitavano in campagna, ma il loro pensiero fisso era sempre la loro isola.

La crisi dei mercati e l'avvicinarsi dell'età della pensione fu quella che fece scattare la molla.

Un sera sedevano in soggiorno, davanti al caminetto acceso. Il gatto sulle gambe di lei. Bastò uno sguardo e come se le loro menti scorressero lo stesso pensiero, Luigi dissi: "Perché non molliamo..." e Laura continuo: " tutto e ci trasferiamo sulla nostra isola ? " La decisione era presa.

Mi raccontarono di non aver dormito, ma anzi di aver trascorso la notte ad organizzare il loro grande viaggio; decidere cosa portare dietro; come disinvestire dei risparmi per acquistare una casa sull'isola; cosa dire ad amici e parenti, ma soprattutto come.

Qualcuno si congratulava con loro, altri dicevano che erano ammattiti, altri ancora non riuscivano a dire niente.

Io so che quando racconti del coraggio di mollare tutto e prendere in mano la tua vita, a volte, qualcuno dentro di sé prova un misto tra ammirazione e invidia. L'ammirazione per la capacità di sganciarsi da tutto e tutti e l'invidia per non essere capaci di fare altrettanto.

Passammo alcune serate insieme. Ci ritrovavamo per cena, anche con Andrea. Due volte nella loro casa.

Si trattava di un guscio di noce in cima alla collina più alta. La strada per raggiungerla dalla spiaggia era erta e sconnessa.

Una piccola porta azzurra, dalla quale Laura passava comodamente, ma non Luigi che doveva invece sempre abbassare la testa, immetteva in un locale soggiorno camera, mentre una scala fatta di pietre innestate sulla parete, priva di corrimano, bucava il soffitto conducendo allo studio da dove un terrazzino avvolto nei gerani rosso fuoco, si scagliava verso un universo di roccia bianca, mare blu cobalto e cielo azzurro.

Una tenue e profumata brezza pettinava quasi continuamente le fronde dei gerani e le nostre teste.

La sera prima della nostra partenza, io e Andrea invitammo Laura e Luigi a bordo di Onda Etrusca. Avevamo allestito una serie di sottili tubi metallici, ravvicinati e sporti fuori bordo, sui quali accendemmo un fuoco che portammo in breve a brace.

Andrea, che aveva stretto rapporti con una famiglia di pescatori, portò grossi scampi, alcuni calamari e una grancevola .

Il profumo della nostra grigliata invase il porto ed il paese prospiciente.

Per la verità a causa del vento girato improvvisamente, anche Onda Etrusca si riempì del fumo profumato della nostra cena e per diversi giorni continuammo a vivere avvolti in quell' odore che lontano dal contesto della cena, era tutt' altro che piacevole.

Quella sera, Laura e Luigi mi regalarono una piccola barca a vela di metallo. Laura mi disse che era un oggetto che aveva sempre visto in casa sua fin da bambina e che per lei era un porta fortuna. Accettai il piccolo pensiero come un oggetto molto prezioso. I marinai sono dei sognatori e quindi anche un po' superstiziosi e un porta fortuna regalato col cuore per me era un oggetto di inestimabile valore.

Al mattino ripartimmo e scapolando la punta ovest dell'isola, sfilammo davanti alla spiaggia di ciottoli bianchi. Laura e Luigi erano lì, sotto il loro grande albero. Si alzarono in piedi e si sbracciarono in vistosi saluti. Facemmo altrettanto fino a vederli scomparire.

- cap.14 -

Andrea non parlò per quasi tutto il giorno. Anche quando cercai di sollecitare la conversazione, lui la smorzò rispondendo a monosillabi.

Alle 19 il vento rinforzò girando a nord est. L'onda cominciò a salire fino a oltre un metro e mezzo. Ci mettemmo in assetto da tempesta.

La tormentina a prua ed uno straccetto di randa, quel tanto che serve per mantenere un assetto neutro. Furono ore interminabili. Ogni onda spazzava la coperta invadendo il pozzetto e via via le nostre ossa.

L'Egeo è un mare di indole tempestosa per via delle correnti e dei venti che in esso si incrociano.

Andrea non parlava e tra un'onda e l'altra mi fissava come per scoprire in me un accenno di apprensione.

 Avendo navigato su grandi navi a vela, non aveva mai provato il mare grosso su uno scafo di quattordici metri, che seppur marino, nell'immensità della notte e sotto la furia di un 40 nodi, finisce col sembrare un guscio di noce.

Vi è poi un fattore costituito dallo scemare delle energie, dall'ipotermia causata dall'acqua gelida e dal calare della capacità di essere razionali, che avevo già provato nel golfo del Leone. A poco a poco la mente si offusca. La paura fa stringere le mani intorno alla barra del timone o un altro appiglio e in quella presa si spendono le ultime energie residue.

E' forse la situazione peggiore in cui mi sia trovato fino ad oggi, anche se sapere di essere in due mi rassicura un po'. Ad un tratto un onda più forte delle altre spazza la coperta e riempie il pozzetto, Andrea viene come sollevato. Cerca invano un appiglio, ma l'acqua lo trascina fuoribordo in una frazione di secondo.

Cerco di afferrarlo, ma non ci riesco. Lo vedo sparire nel buio. Mollo tutte le vele per non allontanarmi dal punto della sua caduta. Mi precipito alla falchetta ma non vedo niente, come se non bastasse e' anche una notte senza luna. Il fragore del mare e lo sbattere delle vele allascate, producono un rumore assordante, non ho nemmeno la possibilità di udirne la voce.

Prendo il faro che tengo sempre a portata di mano e illumino il punto di caduta. Lo scorgo è ancora appeso all'estremità della falchetta al giardinetto di sinistra cerco di afferrarlo, ma un onda questa volta spazza via me. Mi appiglio alla barra del timone, torno ad illuminare il punto di caduta, ma Andrea non c'e' più, probabilmente ha mollato la presa.

Ho bisogno di luce !

Esplodo un razzo a paracadute che in pochi attimi mi permette di identificarlo, poi il razzo stesso viene rapidamente spazzato via dal vento. Accendo il motore e mi dirigo su di lui, non e' lontano.

Sento che urla, dice qualcosa che non comprendo. Lo chiamo a gran voce mentre credo di intuirne la sagoma sfrecciare a sinistra, lancio il salvagente anulare verso poppa, la cima a cui e' legato si srotola rapidamente, contemporaneamente abbatto tutto il timone a sinistra, se sarò stato sufficientemente veloce, questa manovra dovrebbe riuscire a far avvolgere la cima dell' anulare su Andrea permettendomi di iniziare il recupero.

Tengo una mano sul cavo sperando di percepirne lo strattone, tolgo motore, ed ecco il poderoso colpo, adesso devo solo sperare che non molli la presa.

Do volta alla cima del salvagente su un winch e inizio a raccoglierla velocemente. Dallo sforzo che percepisco, credo che Andrea sia sempre attaccato al salvagente.

Continua ad urlare e questo mi da la misura della distanza alla quale si trovi dalla barca. Questa volta capisco cosa dice. Sta chiamando a gran voce suo padre.

Urla con quanto fiato gli rimane nei polmoni: Papà, papà . Ormai è vicino e gli urlo: "forza Andrea".

Eccolo finalmente, è di poppa, un ultimo giro di winch e aiutato da un onda, che stavolta ci è amica, riesco a sollevarlo. Cadiamo stremati nel pozzetto.

Restiamo a terra per alcuni attimi, Andrea finalmente apre gli occhi e mi dice:

- Papà, papà...... sono tuo figlio, tuo figlio Alessandro.

Parole taglienti come lame, che mi fanno scorrere tutta la vita davanti in una frazione di secondo.

La tempesta si è placata. Siamo al caldo nel ventre di Onda Etrusca. Andrea è crollato in cuccetta e dorme da oltre 4 ore, io invece resto a guardarlo tra le lacrime che scendono come sgorgassero direttamente dal cuore.

Quel ragazzo che si faceva chiamare Andrea e che si fingeva un giornalista in cerca di un buon articolo da pubblicare, in realtà era mio figlio Alessandro.

Non lo vedevo da oltre 15 anni e non avrei potuto in alcun modo riconoscerlo, adesso era un uomo. Aveva viaggiato per tutta Europa seguendo le mie tracce, quando poi, la foto del podio della regata Ciro' Lefkada, vista su "Bolina", nota rivista velica, lo aveva portato in Grecia dove aveva girovagato per i porti in cerca di mie notizie.

Soltanto la sua testardaggine aveva potuto riunirci.

Mio figlio....e adesso che lo avevo rincontrato, il mare me lo voleva strappare nuovamente, così come fece il carcere tanti anni fa.

Cento domande mi si affollano nella mente e per ognuna di queste, cento lacrime si annidano nella mia gola. Mi avvicino per accarezzargli i capelli e lui come sfuggito ad un incubo, sobbalza.

Si volta e mi guarda, un interminabile abbraccio scioglie tutte le lacrime che avevamo entrambi dentro.

Finalmente, dopo quasi un'ora, riusciamo a parlare.

Durante la mia reclusione negli anni di Pianosa, ricorda Alessandro, lui e mia moglie ricevettero una lettera, diceva che a causa di un tentativo di evasione dal carcere, avevo perduto la vita in mare, i miei effetti personali, sarebbero stati loro spediti, in seguito. Anche se non arrivarono mai.

Alessandro era poco più che un bambino e non comprese bene cosa fosse accaduto. Silvia, mia moglie tentò di scrivere per saperne di più, ma nessuno rispose. In breve tempo, la disperazione lasciò spazio alla rassegnazione.

Posso immaginare che nella confusione della casa circondariale, qualcuno fece un errore e comunicò il mio nome al posto di quello della persona realmente deceduta. Un tragico errore che indusse una famiglia a dividersi senza alcuna ulteriore spiegazione o chiarimento.

Silvia crebbe Alessandro nella certezza di essere rimasta sola ed io accettai il loro silenzio, come la scelta di ricostruire la propria esistenza, magari con un nuovo padre per Alessandro, lontano da quello che, per tutti noi, era stato un incubo.

A diciotto anni Alessandro si era imbarcato per la sua avventura in mare e poco tempo dopo aveva appreso dell'improvvisa malattia della madre e della sua prematura scomparsa.

Ci raccontammo le nostre vite e fu come rimettere insieme i pezzi di due esistenze andate in frantumi. Nei racconti di entrambi c'erano le ombre della mancanza di affetti reali, di quelli capaci di farti compiere imprese impossibili, proprio come quella di rincorrere un fantasma con in mano soltanto una fotografia, così come aveva fatto Alessandro.

Il sole tornò a splendere per noi, avevamo compiuto percorsi diversi, ma eravamo giunti nella stessa dimensione: il mare. Questo significava, forse, che le nostre anime erano così simili da percepire lo stesso identico, irresistibile   richiamo per gli sconfinati spazi e silenzi.

Gli raccontai la mia storia e parlai a lungo dell'isola e di come venni catapultato fuori da quella realtà.

Adesso tutto sembrava appartenere ad un misterioso, quanto superiore disegno. Non potevo sapere, quando incontrai Anacleto, armatore di Pireus, che quell' incontro mi avrebbe condotto sull'isola della mia rinascita, nè avrei mai potuto immaginare che la decisione di istituire una nuova area marina protetta, presa da un politico scellerato, mi avrebbe rimesso in mare per farmi raggiungere Alessandro.

Alessandro si appassionò moltissimo alla storia della "mia" isola e della sua comunità. Alla fine, dopo alcuni giorni di riflessione sbottò:

- Non possiamo abbandonare tutta quella gente e la tua isola al proprio destino, senza aver combattuto, senza almeno averci provato.

Aveva perfettamente ragione, solo che non sapevo da dove cominciare. Alessandro invece sembrava sapere esattamente cosa fare.

- cap.15 -

Facemmo rotta ancora su Lefkada, tornammo sull'isola dove la comunità ci accolse come eroi di ritorno da una guerra. Presentai orgoglioso a tutti mio figlio e raccomandai loro di non lasciare l'isola fino al nostro ritorno. Ripartimmo e andammo a cercare il Console italiano al quale Alessandro, si era già rivolto durante la mia ricerca.

Furono settimane speciali nelle quali combattemmo fianco a fianco e mi sentii molto orgoglioso di Alessandro.

Il Console, Dott. Andrea, era un uomo di 53 anni, con dei baffi bianchi ed uno sguardo severo. Dopo numerosi incarichi istituzionali in Italia, ricevette la proposta di rappresentare il Paese presso una sede consolare. Raccolse questa nuova sfida e partì per la Grecia senza pensarci nemmeno un giorno.

Ci ricevette nel suo studio ricoperto di splendidi affreschi dopo oltre 2 ore di anticamera. Cominciai ad illustrare il nostro problema, quando mi interruppe con un cenno della mano. Alzò il telefono e premette un bottone. Credetti volesse farci cacciare. Invece rivolgendosi alla segretaria, dall'altra parte del filo, esclamò: "non ci sono per nessuno".

Ascoltò ancora il mio racconto e quasi si commosse quando, raccontai del mio peregrinare per i mari, in cerca della mia dimensione di vita e di come l'essere approdato sull'isola e l'aver ritrovato Alessandro, erano state come un azzerare il contatore e ricominciare daccapo.

Il Dott. Andrea ci congedò senza alcuna promessa. Ci esortò a scrivere su un foglio le coordinate geografiche dell'isola e di rientrare su di essa ad aspettare sue notizie. Mi attendevo di più da tutta la sua attenzione nell'ascoltare il racconto, ma non dissi niente ad Alessandro per non deluderlo.

Tornammo sull'isola e trascorremmo un lieto periodo con gli amici indigeni, facendo finta che nessuno sarebbe venuto, di lì a poco, a cacciarci dalla "nostra terra". Rimanemmo in attesa per oltre 2 mesi, quando un mattino giunsero piccole navi porta container che scaricarono materiali e macchine edili da scavo.

Sbarcarono i loro mostri meccanici come un esercito che invade un paese disarmato con i propri carri armati. Tutti gli abitanti, in silenzio osservarono le operazioni di sbarco con la consueta, preoccupata, compostezza. Soltanto Alessandro si fece coraggio ed andò dal capomastro a chiedere in quale giorno avrebbero dato inizio ai lavori di smantellamento degli edifici.

Gli risposero che non era certi della data, ma che di lì a poco sarebbe giunto il direttore dei lavori per iniziare le operazioni, non prima di aver sgomberato tutti gli abitanti dell'isola.

Quella sera cenammo in un silenzio sordo. L'isola era la stessa del giorno in cui, tanti anni prima, avevo riparato il dissalatore, ma il clima festoso di quella sera aveva lasciato spazio ad un mesto silenzio che non faceva presagire alcuna possibile soluzione se non quella di vedersi cacciare dalle proprie case.

La solita tavolata, lungo la banchina. Le solite squisite pietanze ed il solito vino paragonabile soltanto al nettare degli Dei, ma il silenzio dei commensali ed i volti tirati, la dicevano lunga sulla sensazione che tutti avevamo del fatto che tutto stesse per finire.

Ancora due giorni di agonia e poi giunse il motoscafo con il responsabile dei lavori, colui che avrebbe dato il via all'abbattimento delle nostre case. Insieme a lui anche 4 motoscafi della Guardia Costiera che avrebbero dovuto sfollare e trasferire gli abitanti e le loro poche cose in un centro di prima accoglienza in terra ferma.   Al mattino successivo, quando scossi dalla voce del megafono che intimava agli abitanti del posto di riunirsi lungo la banchina in attesa dell'imbarco, il mio cuore si strappò come il tessuto liso di una vecchia camicia. Fu un dolore intenso che avrebbe motivato anche reazioni di tipo violento, ma rimasi a guardare la dignitosa e contenuta reazione delle famiglie che, messe insieme le loro poche cose, si raccolsero lungo la banchina come richiesto, senza alcun commento. Senza alcuna protesta, senza alcun clamore. Era un'immagine che evocava un triste capitolo di storia recente, mai dimenticato.

Fu in quel momento che udimmo il rumore di un motore e mentre tutti cercavamo con gli occhi uno bulldozer in movimento, fra quelli pronti ad entrare in azione, piombò come un falco, sul piazzale, un piccolo elicottero alzando una densa nube di polvere.

I bambini dell'isola, che mai avevano visto volare un mezzo meccanico in vita loro, si strinsero alle madri gli uomini si schierarono come a far barriera ed a proteggere le proprie famiglie. Anche Alessandro si strinse a me. Eravamo annullati, mortificati e davanti ad un futuro per niente roseo, cos'altro poteva scendere dal cielo adesso?

Scese dall'elicottero una persona soltanto, mentre il velivolo, arrestava i motori e lasciava smaltire la polvere alzata. Non vedemmo granché, soltanto che nell'aria ancora velata, si avviava velocemente presso il comandante della Guardia Costiera. Parlarono brevemente, poi, l'uomo si staccò dal gruppo che si era raccolto intorno al Comandante, a non meno di 100 metri da noi e ci venne incontro.

Mentre il mio cuore batteva tanto forte da far eco sull'isola minore, Alessandro cacciò un urlo:

- È il Dott. Andrea!

Sul momento non capii, ma poi con quel suggerimento riuscii a mettere a fuoco il Dott. Andrea che con un sorriso acceso sul volto ci veniva incontro sventolando un pezzo di carta.

- E' fatta, urlò
- E' fatta!
- Il Ministro ha firmato una sospensiva per il Parco ed ha dato incarico ad una commissione ambientalista, di accertare la possibilità di lasciare la comunità inserita nel parco a titolo di guardiani e manutentori.

La felicità esplose. Tutte le famiglie lasciarono sfogo all'entusiasmo con grida e balli. Soltanto i militari e gli operai dei bulldozer non fecero festa. Il Dott. Andrea fu portato in trionfo dagli uomini della comunità.

La sera a cena, scoprimmo un Andrea nuovo. Una persona dal cuore d'oro, carico di umanità e grande estimatore del mare e della natura.

Andrea doveva rientrare a Lefkada ed io ed Alessandro, volevamo riprendere il mare con la fedele compagna di sempre. Così il mattino seguente, dopo aver salutato gli amici dell'isola, forse per l'ultima volta, la nostra barca si staccò dal vecchio pontile accompagnata dalle ovazioni di tutta la comunità.

Nei silenzi del vento, il mare ci accolse come con me aveva sempre fatto, allargando le sue braccia.

Navigammo per diverse ore con il cuore gonfio di gioia, sapendo di essere riusciti nell'impresa disperata di salvare l'isola e la sua comunità. Tutto questo non sarebbe mai stato possibile senza il Dott. Andrea, ma ancor più senza Alessandro al quale era venuto in mente di rivolgersi a lui, quando ormai per me era tutto perduto.

Fu commovente il commiato, raccolto in una sobria stretta di mano, così come il protocollo richiede per un diplomatico, ma nello scambio di sguardi, c'era molto di più. C'erano tutta la sua l'umanità e la mia riconoscenza, c'era l'amore per il mare e la natura, il rispetto per l'uomo. C'era persino la mia riconoscenza per aver aiutato Alessandro a riuscire a ritrovarmi ed a dare un nuovo colore alla mia esistenza.

- cap. 16 -

Rimasti soli, io ed Alessandro non esitammo un momento di più. Sapevamo senza essercelo mai detto cosa avremmo fatto a quel punto.

Preparammo la barca, facemmo una scorta straordinaria di viveri e frutta. Imbarcammo anche qualche pianta per garantirci la presenza di vegetali freschi a bordo. I controlli di routine alla barca, questa volta furono molto più semplici di quando li facevo da solo e prima del tramonto tutto fu pronto per una nuova avventura, per un nuovo capitolo delle nostre vite.

Alle prime luci dell'alba salpammo facendo rotta verso Bur Said, il canale di Suez, le coste dell'Egitto e lo splendido Mar Rosso con le sue meravigliose quanto insidiose barriere coralline.

Navigammo, senza mai fermarci, più per il desiderio di vivere il mare che per la paura dei pirati, che anacronisticamente, invadono quest'area di navigazione.

Puntavamo ancora più a sud, lasciammo a dritta il Sudan, l'Eritrea e finalmente avvistammo le coste dello Yemen che, fronteggiando la Somalia, spalancano le porte dell'oceano Indiano. La nostra ultima tappa in terra ferma fu Boosaaso in Somalia.

Al culmine del Corno d'Africa, ed alle porte dell'oceano indiano, Boosaaso è un luogo magico in cui, un po' come all'Algarve in Portogallo, tutti i navigatori fanno tappa prima del grande salto. Superare questo punto per ogni navigatore rappresenta una sfida densa di incognite.

Le banchine sono affollate di persone che concitate si apprestano a riempire ogni stiva ed ogni gavone della loro imbarcazione.

Il miscuglio di voci che accompagna tutte le attività del porto è reso ancor più affascinante dal sovrapporsi di lingue diverse. In questi luoghi la fratellanza è palpabile.

Alcuni si apprestano a salpare, mentre altri tornano a mettere piedi in terra ferma dopo mesi di navigazioni ininterrotte.

Per tutti c'è un abbraccio, un saluto ed un sorriso.

Qualcuno ti aiuta a caricare le provviste che hai deposto temporaneamente sul pontile, mentre un altro ti illustra la rotta che ha appena terminato di percorrere.

La Guarda Costiera locale si aggira tra le imbarcazioni effettuando controlli ai documenti ed alle dotazioni di sicurezza. Anche noi riceviamo una "gradita" visita a bordo.

Cercando di comprendersi, più a gesti che a parole, quello che sembra essere il Comandante, almeno a giudicare dal fatto che gli altri lo lasciano parlare senza interrompere, con un gesto delle mani che sembrano voler simulare un libro, domanda i documenti di bordo. Scendo sottocoperta, prendo la cartellina dei documenti e in quel momento mi si gela il sangue.

Io non ho la patente nautica, non l'ho mai conseguita.

- *Nessun onda ha mai chiesto la patente nautica ad un marinaio prima di infrangersi sulla sua prua.*

Disse Fulvio un giorno. Già, ma i militari, quelli sì che chiedono di vederla. Mentre Alessandro mi osserva con aria un po' stupita, perché tradisco un evidente nervosismo, sto decidendo cosa fare.

Dichiarare di non aver mai dato l'esame per la patente non mi pare una buona idea. Forse l'unica possibilità è fingere di averla perduta. Così continuo a rovistare a bordo facendo finta di cercare qualcosa che so per certo non esserci.

Sono quasi pronto ad arrendermi, sotto lo sguardo dei tre militari per niente convinti della mia ricerca, quando ecco comparire la busta consegnatami da Malaspina a Spezia. Quella che mi fece promettere avrei aperto soltanto in caso di controllo in mare. Quale occasione migliore per farlo ?

La apro con un gesto rapido, ma tremante e che mi venga un accidente. Ancora una volta quel vecchio figlio di una megattera, si è preso gioco di me.

All'interno della busta ecco comparire una patente nautica. La mia.

"Abilitazione al comando di unità da diporto senza limiti dalla costa", c'è scritto proprio sulla copertina.

La consegno frettolosamente nelle mani dei militari e cado seduto sulla panca del pozzetto. Alessandro mi osserva senza capire. Il militare anziano, mi riconsegna la patente e con un gesto ordina agli altri due di sbarcare.

Mentre si allontanano, rifletto su come possano aver fatto ad ottenere il documento senza dirmi niente. Ancora una volta, è meglio non farsi domande. Questo è l'ennesimo regalo di Fulvio e Malaspina. Attraverso di loro ho imparato a conoscere il mare, ho imparato a fidarmi delle persone ed ancora oggi, se pur lontani, sento che sono qui a bordo di Onda Etrusca, a vegliare su di me.

Grazie amici miei. Grazie.

Adesso è davvero tutto pronto. I miei occhi e quelli di Alessandro si soffermano lungamente gli uni dentro gli altri.

- E' ora (dice con voce solenne)

Da qui in avanti ci attendono settimane di navigazione in un mare difficile, preda di tempeste e correnti quasi continue.

Molliamo gli ormeggi e salpiamo.

Cambieremo un' altro continente, percorreremo migliaia di miglia in completa solitudine ed ancora una volta il mare sarà la mia casa. La nostra casa.

D'ora in avanti però, sarà diverso.

Adesso non fuggirò più dai rimorsi e dai fantasmi.

Adesso non sarò più in fuga da qualcosa, ma grazie ad Alessandro, per la prima volta nella mia vita, navigherò verso qualcosa.

Verso il nostro futuro.

Adesso so che, se il mare vorrà continuare ad avere cura di noi, le nostre vite scorreranno fluide e dolcissime e quando sentirò un po' di nostalgia per la terra ferma, mi basterà cercare lo sguardo di mio figlio per tornare a sentire il sole sulla pelle ed il desiderio di navigare e sentirmi subito a casa.

Finché il mare lo vorrà, saremo suoi figli e potremo navigare, con il Vento nel Cuore.

Germano Belviso

Glossario

Pozzetto – *zona esterna della barca in cui trovano alloggio le persone durante la navigazione, solitamente dotata di panche e in cui si trova il timone e la maggioranza dei dispositivi di regolazione delle vele.*

Tambucio – *botola che consente l'ingresso alle persone dal pozzetto a sotto coperta*

Gavone – *vano portaoggetti / ripostiglio in cui si ripongono attrezzature e effetti personali*

Fetch - *Termine inglese usato per indicare il massimo cammino che il vento o un'onda possono percorrere prima di incontrare ostacoli che ne modifichino il loro avanzare*

In velatura – *Termine che esprime la quantità di metri quadrati di vele esposte al vento*

Grand Rêve – *In lingua francese significa " il grande sogno"*

corno di trozza – *parte di metallo ricurva che si trova sull'albero che sostiene le vele, e al quale viene fissata la base della vela*

panpos - *in dialetto lombardo / zona Como significa "pane raffermo"*

mascone – *parte anteriore destra e sinistra dello scafo sibito a poppa dell'estrema prua*

tormentina – *piccola vela di prua solitamente impiegata in condizioni di vento molto forte*

winch – *verricello sul quale si avvolgono le varie cime al fine di ridurre lo sforzo durante la trazione*

cazzare / lascare - *termine con cui si definisci l'azione di tirare o mollare una cima*

bolina

lasco   *andature della barca rispetto al vento*

traverso